法蘭琪的愛情剪貼簿

The Scrapbook of Frankie Pratt

卡洛琳・普瑞斯頓 Caroline Preston 著

林靜華 譯

這本剪貼簿的
擁有者：
法蘭琪・普瑞特
（私人所有！）

法蘭琪的愛情剪貼簿

1920 JUNE 1920
Sun Mon Tue Wed Thu Fri Sat
1 2 3 4 5
6 7 8 9 10 11 12
13 14 15 16 17 18 19
20 21 22 23 24 25 26
27 28 29 30

第1章

科尼希
新罕布夏州

1920

一心想寫作的女孩

終於有一臺夢寐以求的

—「可樂娜」打字機！

這個故事的開端……

高中畢業，
母親送我一本剪貼簿。

我在地下室找到父親
生前使用的「可樂娜」
打字機。
老鼠把盒子
啃壞了，
但打字機還能
使用！

打字新方式

保證一分鐘打80～100字

全新書寫系統。利用「手指操作訓練」即可！速度奇
快——準確度高——大幅度增加收入。可在家練習，簡
單10堂課即成，任何人都能得心應手，不妨礙現有的工
作。免費的32頁練習手冊，有詳細圖示。它能讓您打出
數百個字，使收入增加二、三倍。打字員可提高意想不到
的工作效率與收入。切勿滿足於＄8～＄15的微少週薪。
以此「新方式」打字，每週可輕鬆賺進＄25～＄40。來
信索取練習手冊。付
郵即可，但務必趁早
索取！

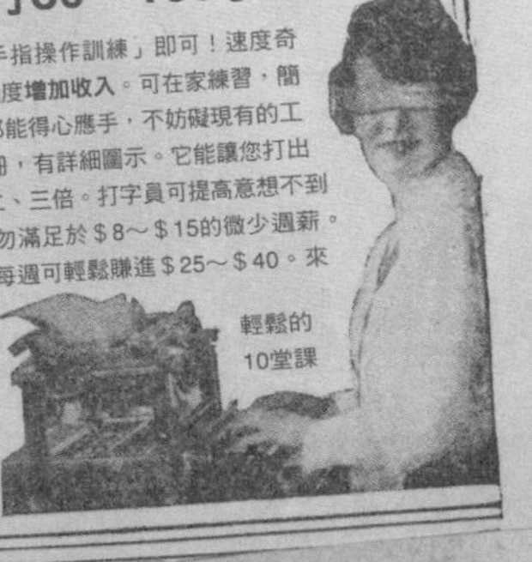

輕鬆的
10堂課

杜洛斯打字學校
9870學院崗，
春田市，俄亥俄州

我寫信索取一本
免費的打字練習手冊。
我打算一天練習一頁。

法蘭西絲・普瑞特
個人檔案

小名：法蘭琪（我討厭法蘭西絲這個名字！）

生日：1902年9月5日

住址：新罕布夏州，科尼希沼地

身高：5呎7又3/4吋（穿襪子）

體重：116磅（穿襪子）

頭髮：深金紅色，夏天會呈現一絲蜂蜜色調

眼睛：藍眼珠，陽光下顯現淡淡的褐綠色

鼻子：窄而挺直，從左側看有點太尖

皮膚：雀斑太多

我有一隻狗
叫做「費基」。

我找不到一張讓我的鼻子看起來比較不尖的照片，但我的弟弟泰迪說這張「巴斯比醫生」紙牌上的女生很像我。

BUDDY

Song

C Warde Traver

母親說我像這個圖片中的歌舞女郎，對未來充滿憧憬。

我的家庭

父親

泰迪的貓

「藍鈴」

姓名：喬治·奧司朋·普瑞特
生日：1872年10月18日
教育程度：溫莎高中畢業
達特茅斯大學，1893年畢業
達特茅斯醫學院，1895年畢業
職業：醫生，新罕布夏州科尼希開業醫生
死亡：1915年1月25日，達特茅斯醫院

爹地五歲時曾罹患風濕熱，導致心臟衰弱（儘管他的臉頰總是紅通通，手臂像拳擊手一樣強壯）。他因染上流行性感冒後轉為肺炎，六天後便撒手人寰，他們說他的心臟罷工了。那年我十二歲。

這是父母親1900年度蜜月，在「走私者峽谷」健行時拍的照片。爹地當時年輕瀟灑（他一向如此，從不顯老），母親則充滿夢想……

母親

姓名：蘿珊娜．貝禮斯．普瑞特

暱稱：蘿西

生日：1878年4月24日

教育程度：溫莎高中畢業後
取得職業護士執照

爹地去世後，母親重拾護士工作，
受雇於住在丁格頓崗街的
有錢老太太。

我的兩個弟弟

泰迪與華利。

我沒有姊妹。

母親、爹地、泰迪、華利和我，
那年我五歲。
那時候母親額頭上已經出現皺紋了。

我的家

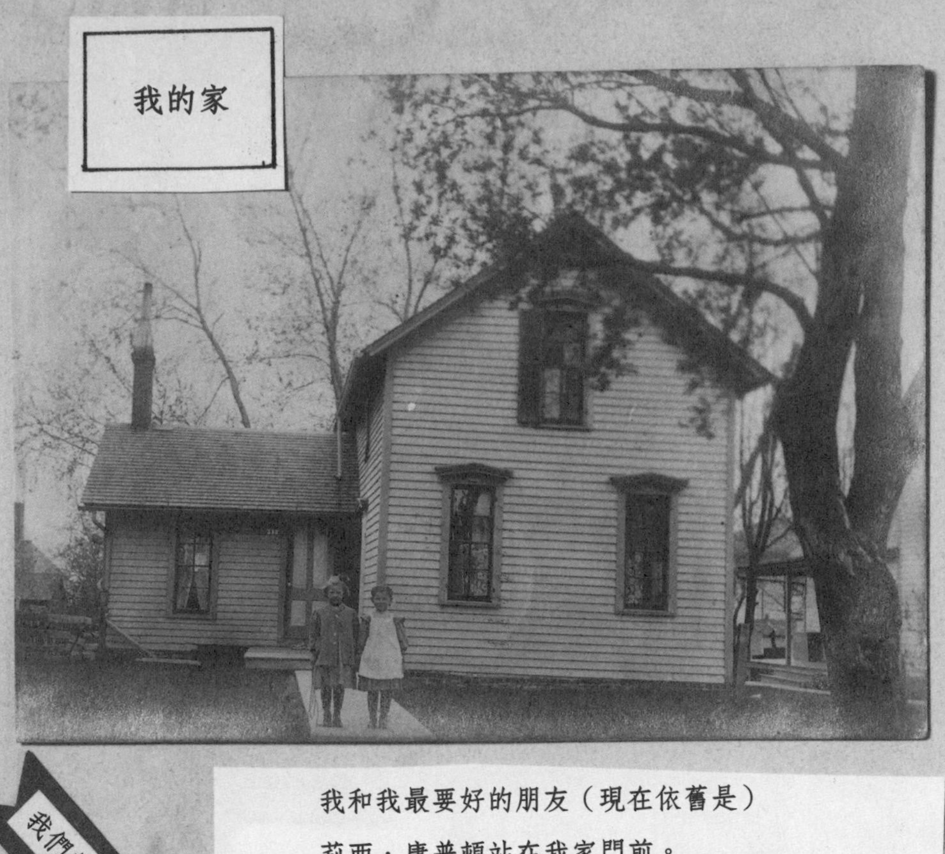

我和我最要好的朋友（現在依舊是）
莉西・康普頓站在我家門前。
爹地去世後，衣帽間的屋頂漸漸頹損了，
母親終於把它拆除。

我們的房屋

新罕布夏州，科尼希沼地及克洛伊頓山

科尼希概況：
冬季人口：685人
夏季人口：844人
最近的城市：克雷蒙特

我們住的農舍
還沒有瓦斯爐或自動洗衣機
這些「現代化設備」。

而且，
短期內也不可能會有。
……唉……

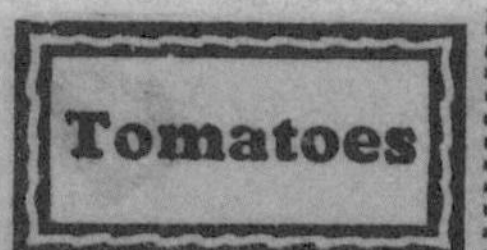

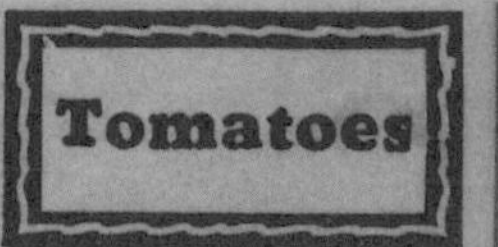

我們也買不起
雜貨店販售的食物，
所以母親種了一大片
（長了許多雜草）蔬菜園，
還養了幾隻羽毛凌亂的
小母雞。

高中畢業班

邀請您

六月二十六日

上午八點

蒞臨畢業典禮。

Music—Selected Orchestra

Salutatio—Latine

ELSIE VIRGINIA BRAND

Oration—The Louisiana Purchase

WILLIAM WEBSTER RICE

Serenade—Abt *Double Quartette*

Class Poem

畢業班畢業詩選

法蘭西絲·普瑞特　著

〈成就〉

喔，人啊……將你的力量
專注在
內心最高的目標！
有朝一日
必能出人頭地！
勇往直前，力爭上游！
驅策你的靈魂
永遠朝向遠方的目標
更高的理想與單一目標！
切莫虛耗你的力量！
實現！實現！以實際行動
尋找你的天堂
你的名將成為不朽
萬古流芳

我高中畢業了！

Program

Presenta

Rece Friends of C e Gymnasium

Colburn, Directo Orchestra

畢業胸章

這是我為畢業致詞
所寫的一首詩，胡扯一通，
但似乎沒有人注意。

我們這一班

人緣最好的女生：雅黛蕾・布拉德

人緣最好的男生：湯米・甘茲

最漂亮的女生：雅黛蕾・布拉德

最帥的男生：湯米・甘茲

最敏感的女生：貝西・佛格森

* 最聰明的女生：法蘭琪・普瑞特（我自己說的）

最聰明的男生：威爾・埃特華特

湯米
運動健將
人緣最好
（最有錢）
（最笨）

雅黛蕾
最漂亮
人緣最好
（最驕傲）

湯米穿足球裝，威爾（最聰明的男生）被球隊拒絕。

May true friends be around you

我的朋友

莉西・康普頓
一直是我最要好的朋友。
她的父親是郵差。
她是班上最開心的女孩，
不明白為什麼我老是像個書呆子，
十分嚴肅。她也不明白
為什麼貝西或我想讀大學。

AUDUBON SOCIETY

HAPPY JACK THRIFT CLUB

1920

貝西・佛格森
我第二要好的朋友，
是班上最敏感的女孩。
她即將去普利茅斯州立大學讀家政系。
最擅長烹飪和縫紉。

發粉比司吉

麵粉2杯　豬油2茶匙
發粉4茶匙　牛奶3/4至1杯
鹽1茶匙

貝西教我們烹飪，
我做出來的比司吉像高爾夫球。

我和貝西與莉西一起做的事

我們做衣服

莉西是我們的時尚專家，她從《麥考爾雜誌》為我和貝西挑選服裝樣式後，貝西再將它們縫製出來。好一個善解人意的好友。

2531 Dress
7 sizes, 34-46

2478 Dress
6 sizes, 34-44
Ribbon
Transfer Design
No. 1157

2548 Dress
7 sizes, 34-46
Ribbon
Transfer Design
No. 1157

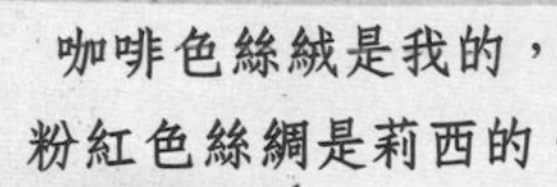

咖啡色絲絨是我的，
粉紅色絲綢是莉西的。

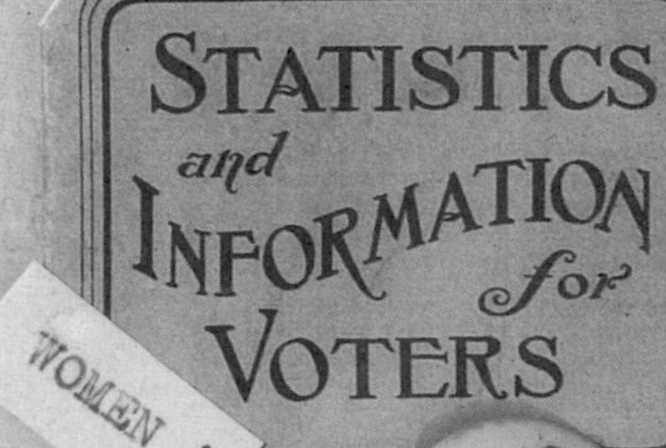

我們討論投票權

我說，有朝一日女人擁有投票權時，應該把我們有生以來的第一張選票投給富蘭克林·羅斯福。但因為某種理由，貝西喜歡華倫·哈定。

我們玩紙牌

每次玩「作家」牌總是我贏，
那是因為爹地的書房都有這些書。
他去世後，
我發誓要把每一本書都讀過，
並且在我十五歲生日以前實現了。

現在我都從科尼希圖書館借書。
我剛讀完第二遍華頓夫人著作的《夏》，
內容是敘述一個十六歲少女
在新英格蘭鄉下面臨到的困境，
和我的處境很像。

LEARN TO READ THE FUTURE
with
OLD GYPSY
FORTUNE CARDS

我們算命

我的命運。

這是什麼意思……？

我們互相交換美容祕訣

母親說女孩子
有一塊普通肥皂就夠了，
但我們用棕欖香皂……

為婚禮保養肌膚

我們以過氧化氫、檸檬汁和豬油，自製雀斑膏，結果擦了之後皮膚長出紅疹。

頭皮不會長頭皮屑。

莉西在克雷蒙特的「華金絲
美髮廳」把頭髮剪短了，
我臨陣退縮，
只在兩邊剪了一點劉海。
莉西剪下
的頭髮
PEBECO
TOOTH PASTE
消除贅肉
貝西訂購了一件這種衣服，
但穿了三個星期，
臀部的贅肉絲毫不見消減。
可輕鬆消除贅肉，任何場合穿上它都安全無虞。
有消除贅肉療效的華特醫生橡皮衣
廣告上說女孩兒一定
要注意不能有口臭，
所以我們用「白貝牙膏」刷牙。
用過後
她才知道後果

我的第一次約會

威爾．埃特華特（班上最聰明的男生）
正式約我（班上最聰明的女生）
出去。

ADMIT ONE 25 CENTS

我們開車去白河鎮，
在新蓋的電影院看《江水東流》。
這部電影的拍攝場景正是本地的白河。
真不可思議。

什麼！
你從沒吻過女生？
哼，滾開，小鬼頭！
你別想拿我當練習！

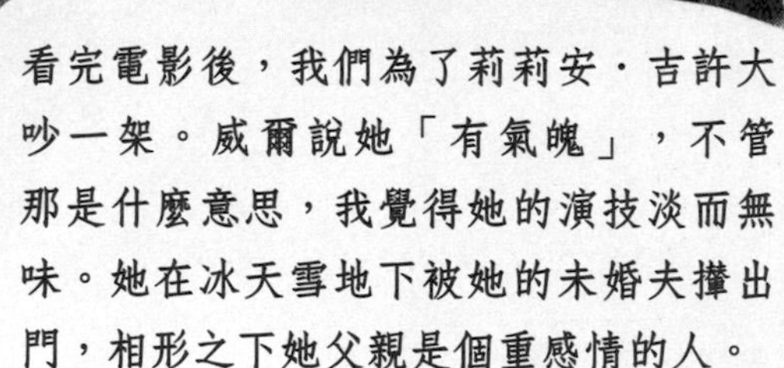

看完電影後，我們為了莉莉安．吉許大吵一架。威爾說她「有氣魄」，不管那是什麼意思，我覺得她的演技淡而無味。她在冰天雪地下被她的未婚夫攆出門，相形之下她父親是個重感情的人。

莉莉安．吉許
在雪地上踽踽獨行。

威爾想親我的嘴，
但我迅速把頭轉開，所以他只親到
我的臉頰。這次約會徹底失敗！

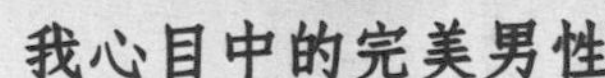

（不是威爾·埃特華特！）

是「箭牌」襯衫廣告上
那種聰明又富有的男人。

有點牛仔味也不錯。

接吻技巧是一定要的！

??????????? 我的未來 ???????????

爹地一直希望我上大學。
法薩學院校長薇拉・瓊斯小姐為我安排入學測驗。
她是1892年畢業的。
入學考試超級難，我想我一定不會通過！

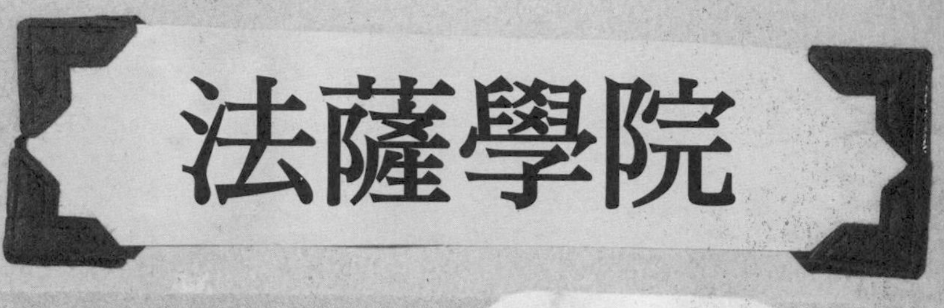

接受我……

親愛的普瑞特小姐：

「法薩學院入學委員會」很榮幸地通知您已通過入學測驗，
即日起可入學成為1924年期畢業生。

由於費爾普牧師來信對您寡母的經濟狀況表達關切，
我們將提供您一半獎學金。有了這筆獎學金，
您在1920-21學年的學費將減至為500元美金。
但為了持續您的獎助金，入學委員會要求您的學業成績必須平均維持B以上。

請接受我們的道賀。

您誠摯的
入學委員會秘書

C. 蜜德蕾・湯普森

法薩學院校舍規模宏偉。

……但我決定不去了。

MAIN BUILDING, VASSAR COLLEGE, POUGHKEEPSIE, N.Y.

母親說她會想辦法籌措500元美金，
但要如何籌錢呢？我們的生活已經過得
很拮据了。

我對母親說，
我一點也不想去念法薩學院。
我說，那是有錢人家的女兒讀的學校，
她們一定會瞧不起拿獎學金的女孩。

我要像母親一樣考一張護士執照。
它比法薩學院的學位實用多了。

我的第一份工作

破產的痛苦

我以助理護士的名義（保母）受雇於83歲的平格利太太。她是丁格頓崗街上幾位避暑的有錢老太太中的一個。

我從平格利太太那裡領到的第一張紙鈔。

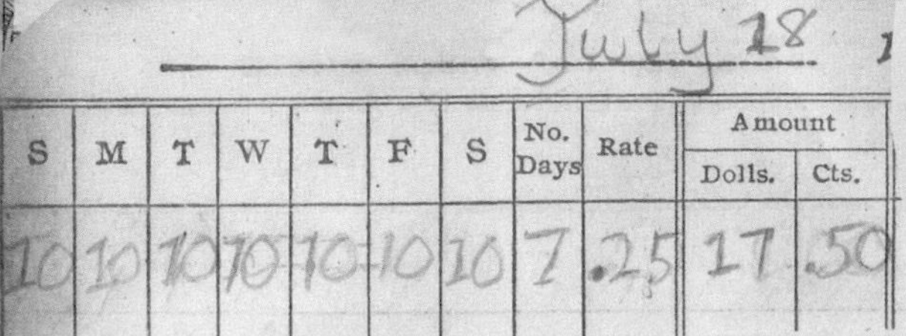

Time for the Week ending, July 18

S	M	T	W	T	F	S	No. Days	Rate	Amount Dolls.	Amount Cts.
10	10	10	10	10	10	10	7	.25	17	.50

我的週薪是$17.50。
$10.00交給母親
$5.00我的零用錢
$2.50存起來

等我存到足夠的學費，
我要去讀夜間部，準備考護士執照。

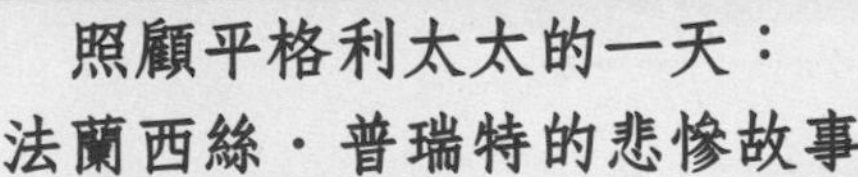

照顧平格利太太的一天：法蘭西絲・普瑞特的悲慘故事

上午6:30 抵達，

喚醒平格利太太，

扶她上廁所，幫她戴上眼鏡，

把她的假牙洗乾淨再幫她戴上。

上午7:00 把平格利太太的早餐端到她床上。

我切了一片無奶油吐司，又泡了一杯POSTUM健康飲料。

上午8:00 端一盆溫水幫她梳洗

上午8:30 幫她梳理灰白的頭髮

上午10:15 打個小盹

上午10:30 把早餐托盤拿到廚房。清洗餐盤。

千篇一律地整理書桌上如鴿子窩的置物格，

發現平格利太太年輕時初次登臺

表演的照片。

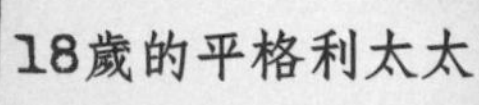

18歲的平格利太太

現在的平格利太太

平格利上尉上場

上午11:45
詹姆士・平格利上尉進來廚房吃早餐。
他去年從陸軍退役後
便一直和他的祖母住在一起。
他的肺部被芥子氣所傷，
無法回他在紐約的律師事務所上班。

以前的平格利上尉

服役

第二砲兵師

在梅錫中了毒氣

獲頒「傑出服役勳章」

（泰迪的童子軍獎章和平格利上尉的勳章有點類似。）

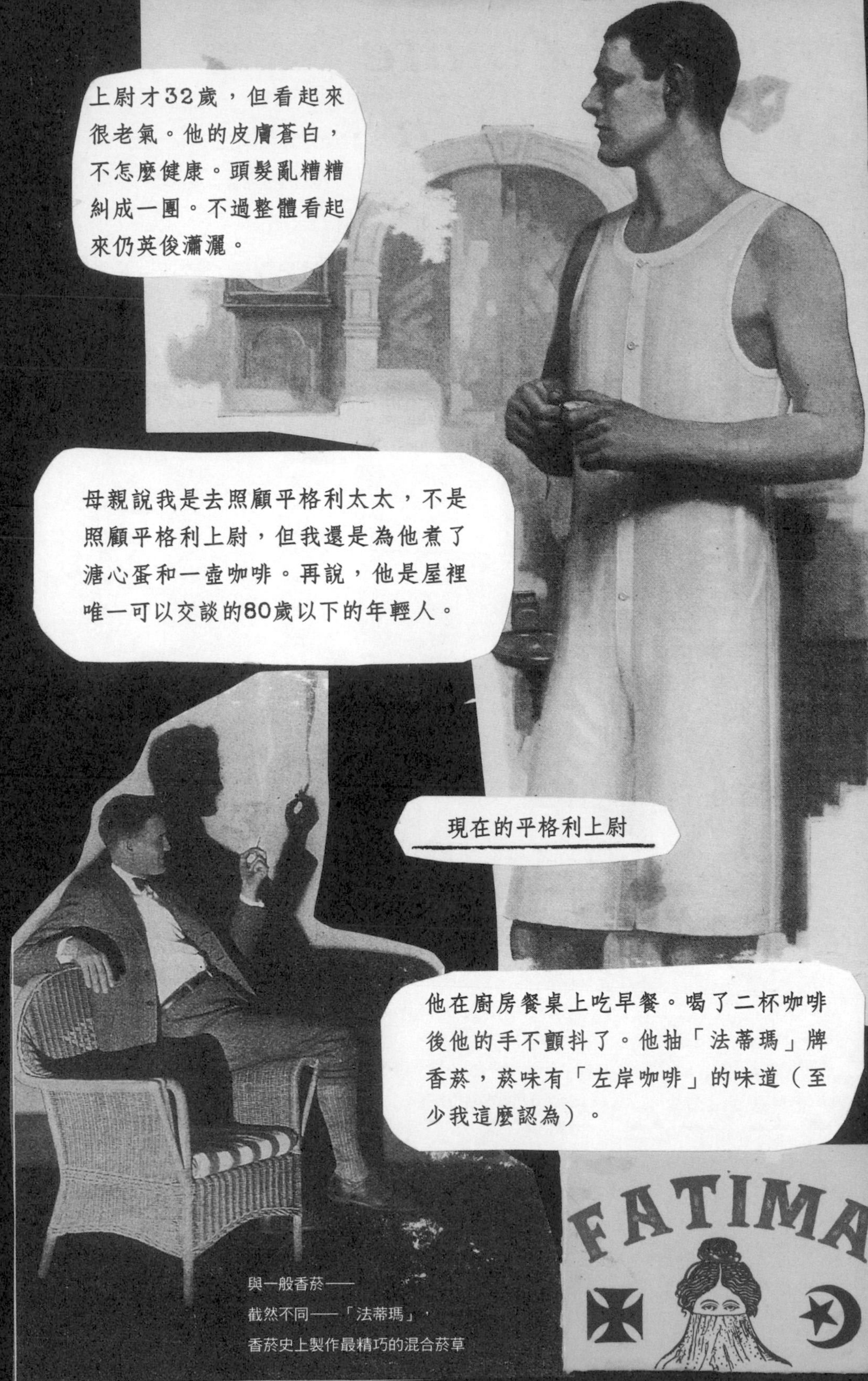
上尉才32歲，但看起來很老氣。他的皮膚蒼白，不怎麼健康。頭髮亂糟糟糾成一團。不過整體看起來仍英俊瀟灑。
母親說我是去照顧平格利太太，不是照顧平格利上尉，但我還是為他煮了溏心蛋和一壺咖啡。再說，他是屋裡唯一可以交談的80歲以下的年輕人。
現在的平格利上尉
他在廚房餐桌上吃早餐。喝了二杯咖啡後他的手不顫抖了。他抽「法蒂瑪」牌香菸，菸味有「左岸咖啡」的味道（至少我這麼認為）。
FATIMA
與一般香菸——
截然不同——「法蒂瑪」，
香菸史上製作最精巧的混合菸草

下午2:20 上尉開車出去，
這是他每天的例行活動。
我從廚房窗口看著他坐進Aero敞篷車，
那是他用平格利太太的一張支票買的。
然後他戴上深色眼鏡和一頂呢帽。

他對著車子側視鏡照了一下鏡子。虛榮！

他每天都去什麼地方？
他有女朋友嗎？

下午4:30 熱一罐「康寶」濃湯
給平格利太太喝。

平格利太太終於有精神了，
於是想找人說話。

「妳的父親是我的醫生，
但他最近都沒來了。」
「他去世了。」
「什麼時候的事？」
「五年前。」
「那妳應該結婚了，這樣妳的丈夫才能幫妳
母親養家。」
「我才17歲。」
「夠大了。上尉什麼時候回來？」
「我不知道。」
「我還以為妳是個聰明伶俐的女孩，
看來也不怎麼聰明。」

平格利上尉約我出去探險！

法蘭琪：

今天下午和我一起開車去兜風。

我知道妳會說……

妳不能離開奶奶。

不過我已請了霍布斯的女兒

泰絲來代班。

我會準備野餐。

不准拒絕。

1:00在車道見……

詹姆士．平格利

Cole Aero

Roadster

Aero野兔出發了。
這是我在這個地球上跑得最快的一次。

我們開車穿過科尼希沼地，
經過我家門前時，
我彎下身子躲藏。

萬一被母親看見我和上尉一起開車出遊，
她會有什麼反應？我想都不敢想。

他把車停在惠特曼池邊一塊乾涸的沙地上。
他說：「這是我挑的野餐地點。」

上尉裝在野餐籃內的食物

野餐

「抱歉，這裡有蚊子。」
「牠們從不叮我——我大概不怎麼可口。」
「才怪。」
「這個三明治裡面紅紅的東西是什麼？」
「『惡魔火腿』。我們在軍中常吃。」
「你會常常想起戰爭嗎？」
「我盡量不想。」
「這個問題問得很蠢吧。」
「我比較想多談談妳。妳想當護士。」
「也不盡然。」

「那妳想做什麼？」
「說出來你會笑我。」
「不，我不會。」
「我想當作家。」
「妳想寫什麼？」
「小說。」
「像狄更斯？」
「比較類似華頓夫人。」
「可是她筆下的女人
都那麼哀傷。」
「原來你也讀過伊迪絲·
華頓夫人的小說？」
「不要那麼驚訝，很久以前
我也曾經一度想當作家。」
「為什麼後來沒有？」

「我的父母認為我應該有份可以維生的工作。
還有戰爭的關係。但真正的答案是我沒有天分，
或者至少天分不夠。」

「現在還不算太遲啊，想做就去做。」

「對我來說太遲了，但妳不會。
天氣越來越熱了，妳想游泳嗎？」

「我沒有帶泳衣。」

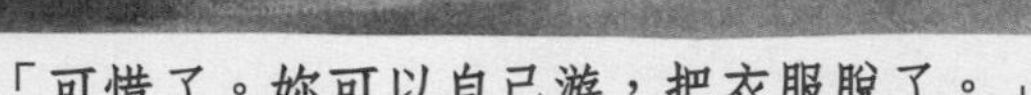

「我很高興妳沒有剪短頭髮。
長髮垂在妳的肩上真漂亮。」

「我可以幫妳拍張照片嗎？
我愛死了我的『柯達』相機。」

「這個姿勢好嗎？」

喀嚓！

「仰頭，把妳的頭髮往後撥。漂亮。
妳真是個美麗的姑娘。」

喀嚓！

詹米幾乎每天下午都帶我出去兜風

明天
下午1:00？

Let ROYSTER'S Start You on the
Way to Bigger—Better Crops

ONE

MEMORANDA

那就
明天1:00？

還是
1:00

1

1:00？

By your company you are judged.

43

他買了一副開車戴的
太陽眼鏡送我。

我不再擔心被科尼希的鄰居
看見我們在一起。

1920年8月28日這一天發生的事

今天下午1:00我走到車道，發現母親的「福特」T型車停在那裡，卻不見詹米的跑車蹤影。母親下車，緊繃著臉，看起來很蒼老。「上尉呢？」我問。「我停車時他開車出去了。」她說。我用腳尖在碎石地上畫圈圈。

「媽，我不管妳怎麼想，詹米和我是彼此瞭解。」

「是嗎？」她的語調憂傷，
「他不是妳想像的那種人。
我要和平格利太太談一談。」

她快步走進屋子，走上樓。
我急忙跟在後面。

母親沒有敲門便進去平格利太太的房間。

母親知道了。

我在詹米的房間內發現的東西

我站在走廊，
詹米的房門開著，我走了進去。

從《城鄉雜誌》剪下的圖片。
那是詹米的妻子（?!）

珂琳娜·平格利

戰爭英雄詹姆士·平格利之妻，身著「浪凡」服飾出席薩拉托加賽馬會。

詹米在我們野餐時
為我拍的照片。
我本來想把這張照片撕碎的，
但後來決定把它貼在我的剪貼簿上。
假如我要成為真正的作家，
我必須保留回憶。
然後說出真實的故事。

十五分鐘後，母親從平格利太太的房間走出，然後交給我一張支票。

$ 1000 No. 19

THE SECOND NATIONAL BANK,
OF BOSTON

Pay to the order of Frances Pratt
One thousand and 00/100 Dollars.

Treasurer.

親愛的湯普森小姐：

請問小女法蘭西絲・普瑞特還有可能進入法薩學院1924年期班就讀嗎？

敝舍的經濟狀況已容許她接受法薩學院慷慨提供的獎學金。如蒙貴校允諾接納她成為九月的大一新生，煩請告知。

您誠摯的

蘿珊娜・貝禮斯・普瑞特　敬上

結果法薩學院仍願意接納我。

法薩學院一年級新生必備服裝
1920年

5件束腰白襯衫（窄領口）
5條長裙（裙襬與地板的距離不得高於8吋）
2條瓦瑟絲領巾（學校福利社售價＄2.50）
一雙棕色女士牛津皮鞋（鞋跟最高二吋）
一年級嗶呢帽與帽夾（＄1.25；學校福利社售價＄0.75）
女用長版運動上衣與燈籠褲
束腹（禁止穿「法式襯裙」或「連身內衣」）
長襪（黑色或白色，禁止穿「膚色」）
吊襪帶（長襪需以吊襪帶固定）

學生在宿舍裡衣著必須得體，禁止穿男士睡衣或短褲睡衣。

27K5812
全羊毛
法蘭絨上衣
$3.98

31R 8435
全羊毛百褶裙
$6.98

背後有繫帶，
適合較瘦或一般體型
18T117 $1.79

$4.65

我從希爾斯百貨公司
的型錄訂購
法薩學院校服。

尺寸：長2½
至8英吋，寬
幅固定。運送
重量1½磅。

15E2627
女用牛津皮鞋 $4.48
深棕色皮 有鞋帶──低跟
──中圓頭──車縫鞋底

9月12日天未亮，
母親和弟弟們開車送我到
白河鎮火車站。
PHILADELPHIA AND READING RAILWAY CO.
This Ticket with Coupons attached entitles the holder to ONE FIRST CLASS PASSAGE from
MONTREAL to NEW YORK, N.Y.
Good until October 31st of the Year of Issue as Stamped on Back
Gen'l Pass'r Agent.
天氣變冷了，
我們穿上毛線衣，一張口
便哈出白色的氣體。
母親交給我一個信封。
「上車後再打開。」她說。
RAILWAY EXPRESS
RAILWAY
EXPRESS
AGENCY

信封內的東西

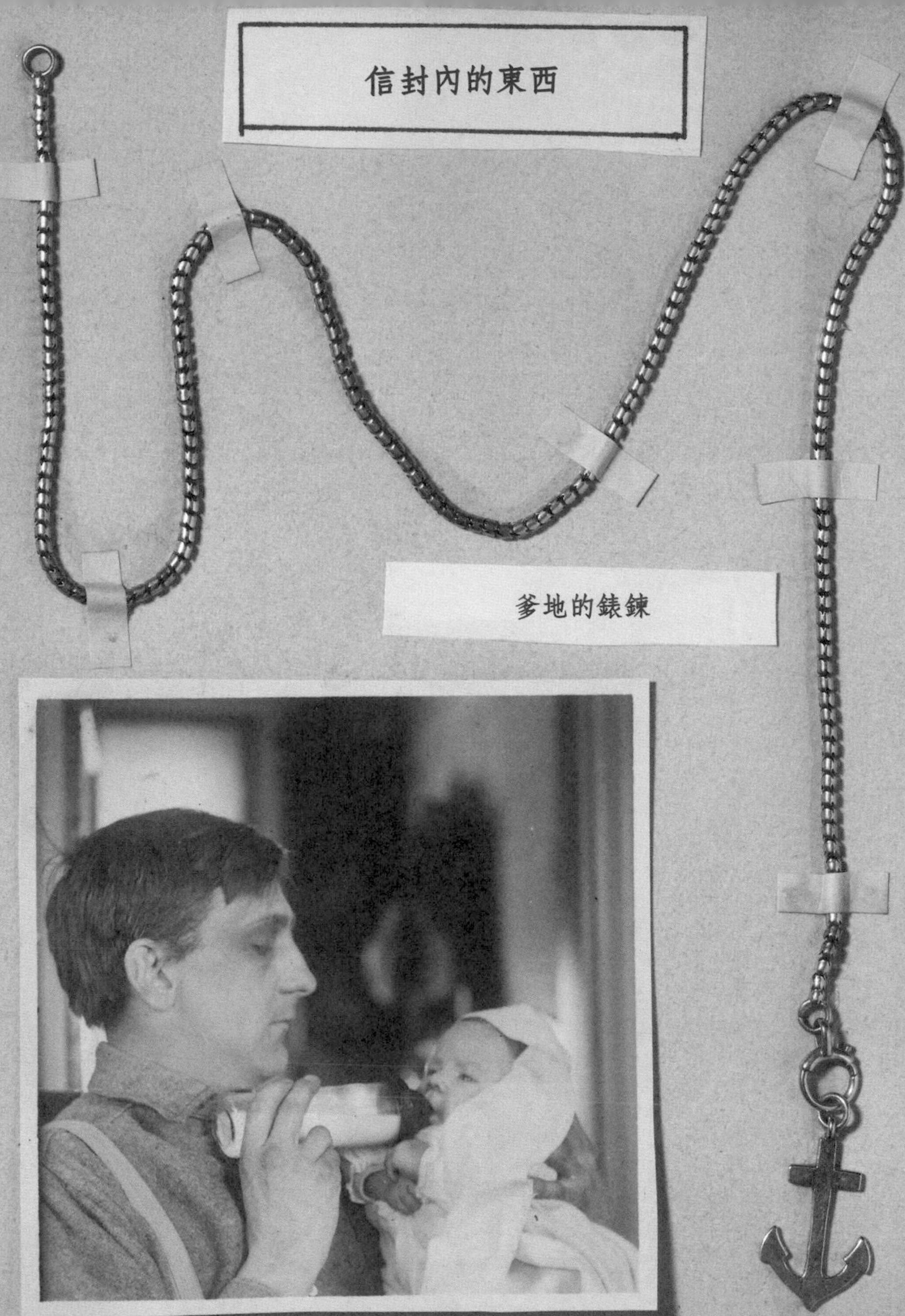

爹地的錶鍊

爹地用奶瓶
餵我吃奶的照片

爹地隨身攜帶這個船錨墜飾。
他說它能保平安。

我望著窗外，看著太陽升起。
每次經過平交道
我都仔細觀察路上。

我忍不住。

我在找
Aero敞篷車的蹤影。

我知道

寂寞的滋味

YALE
YALE
F. EARL CHRISTY
Q

第 2 章
法薩學院
1920 - 1924

我成為法薩學院的女大學生
法薩學院校規
它的倫理精神是：
好的開始是成功的一半！切記第一年的壞成績會阻礙妳在學院內的四年學習。
宿舍內禁用電器用品。將妳的電髮捲送給妳的好友吧。假如妳在校內使用，將會造成交誼廳跳電。
一旦被拒於教堂門外，無論妳有多麼難過，任何藉口都於事無補。
戰亂期間結婚的人不容易分辨出未婚或已婚，因此對她們一律以閨名互稱。
校園巡邏犬和校園洗衣房是妳必須服裝整潔的理由之一。
校園內不強制規定戴帽子，但波啟浦夕市並非校園。
短短一個星期無法補齊整個冬季的體育課。
不要談戀愛談昏了頭！它也許會讓妳一夕成名，但本校不歡迎。
法薩之歌
就讀法薩
必須是百萬千金；
她至少要有二部跑車，
染燙頭髮；
最新的時尚她永遠第一個
知道——
事實上，她總是行色匆匆，
威廉．藍道夫．赫斯特如是說。
法薩俚語
填鴨——為應付考試而死背
扒——偷竊——不可行
射門得分——考試成績很好，或很會背書
溜課——無故缺席
瞎掰——胡扯
帶小抄——作弊
高手——功課好
隨堂考——小考
唬爛——假裝被懲戒其實沒有
尖背野豬——指被任命的主管——他們必須逢迎拍馬才能獲得任命
蹺頭——十分鐘內教授沒出現便離開教室
蹺課——不上課
全軍覆沒——課業成績低於六十分
臨時抱佛腳——苦讀
法薩之歌
法薩女生假如嗆到，
人家就會說她吸菸——

我修的課

第一學期課程表

HOURS	MONDAY	TUESDAY	WEDNESDAY	THURSDAY	FRIDAY
8- 9	大一寫作				
9-10	法文 II				
10-11	立體幾何				
11-12	古代歷史：希臘＋羅馬				
12- 1	午餐				
2- 4	動物學：男人＋相關的哺乳動物				
4- 6	體育課		衛生保健		

大一女生的等級：

1.紐約女孩都來自私立「伽平女中」，由私家司機接送上學，並為她們搬運許多印有押花字母的名牌皮箱。她們的父親都是「資本家」。

2.波士頓女孩都來自私立「溫莎女中」，各個都有外號，如：阿薇、阿布。她們常打網球以致曬紅了鼻頭。她們的父親不是參議員就是駐外大使。

我和其他讀公立學校的窮女孩屬於最低等（更沒有人會承認自己拿獎學金）。

我的室友

雅蕾葛拉

雅蕾葛拉・伍爾夫
來自紐約市，長得很美，
容貌很像外國人。個頭矮小
（只有5英呎高），
橄欖色肌膚，縞瑪瑙色眼珠，
極短的鮑伯頭。喜歡穿時髦的
窄身絲質洋裝。她很快便對我
產生好感。「真高興妳不是來自
第五大道那種討人厭的女生。」
她嗤之以鼻地說。（但事實上伍爾夫
家就在中央公園西街上，所以她這麼
說聽起來很誇張。）

雅蕾葛拉「無所不知」——該選什麼課、該如何打扮、哪個女孩可以做朋友、哪個女孩不可以交往、該加入什麼俱樂部、該如何裝飾我們的寢室……

我們的寢室
我們住在女生宿舍四樓，
一間有高窗的閣樓。
雅蕾葛拉在牆上掛了兩匹中國緹花綢，
又掛了幾幅複製的「立體派」畫作。
我們從地下室找來兩張舊籐椅，
這讓寢室看起來就像舒適的
鴉片菸室。
其他一年級新生進來了
都捨不得離開。

雅蕾葛拉教我壞習慣

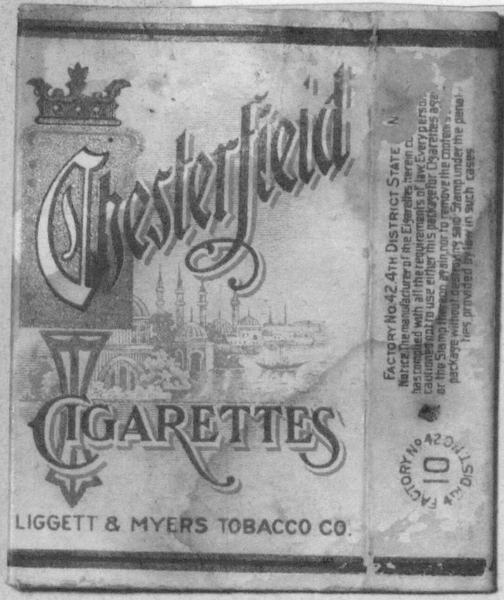

我們用電咖啡壺（學校嚴禁）煮一大壺咖啡。
我已學會喝黑咖啡，和雅蕾葛拉一樣。

我學會抽菸了！
學校禁止吸菸，所以我們都朝窗外吞雲吐霧。
現在我一天要抽五根香菸。

MAXWELL HOUSE COFFEE

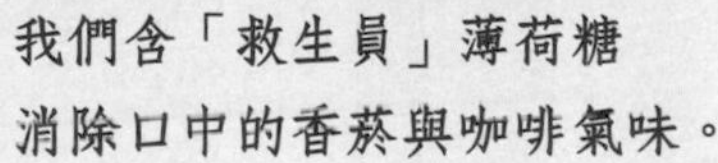

我們含「救生員」薄荷糖
消除口中的香菸與咖啡氣味。

雅蕾葛拉是大一新生中
唯一有手提留聲機的人。
EMERSON RECORD
Hawaiian Butterfly
"Jazz" Fox Trot
by
Emerson Symphony Orchestra
No. 7204
Baskett-Santly-Little
我們學會
跳夏威夷舞和狐步舞。
BRIDGE SCORE
MADE IN U.S.A.
WE THEY WE THEY WE THEY
HONORS
POINTS
我們玩橋牌
賭錢

我把頭髮剪短了

雅蕾葛拉說我的長髮讓我看起來像個「擠奶女工」，
硬把我拉去美髮廳。

（記得詹米說他很高興我沒把頭髮剪短，
現在剪短了如釋重負。還沒有把詹米的事告訴雅蕾葛拉。
我知道她一定會同情我，但我不希望她認為我太懦弱或太傻。
絕不！）

BOBBED HAIR PINS
MADE IN GERMANY

Leona

雅蕾葛拉買了幾支時髦的歐式「短髮」
髮夾送我。

雅蕾葛拉試圖讓我變時髦

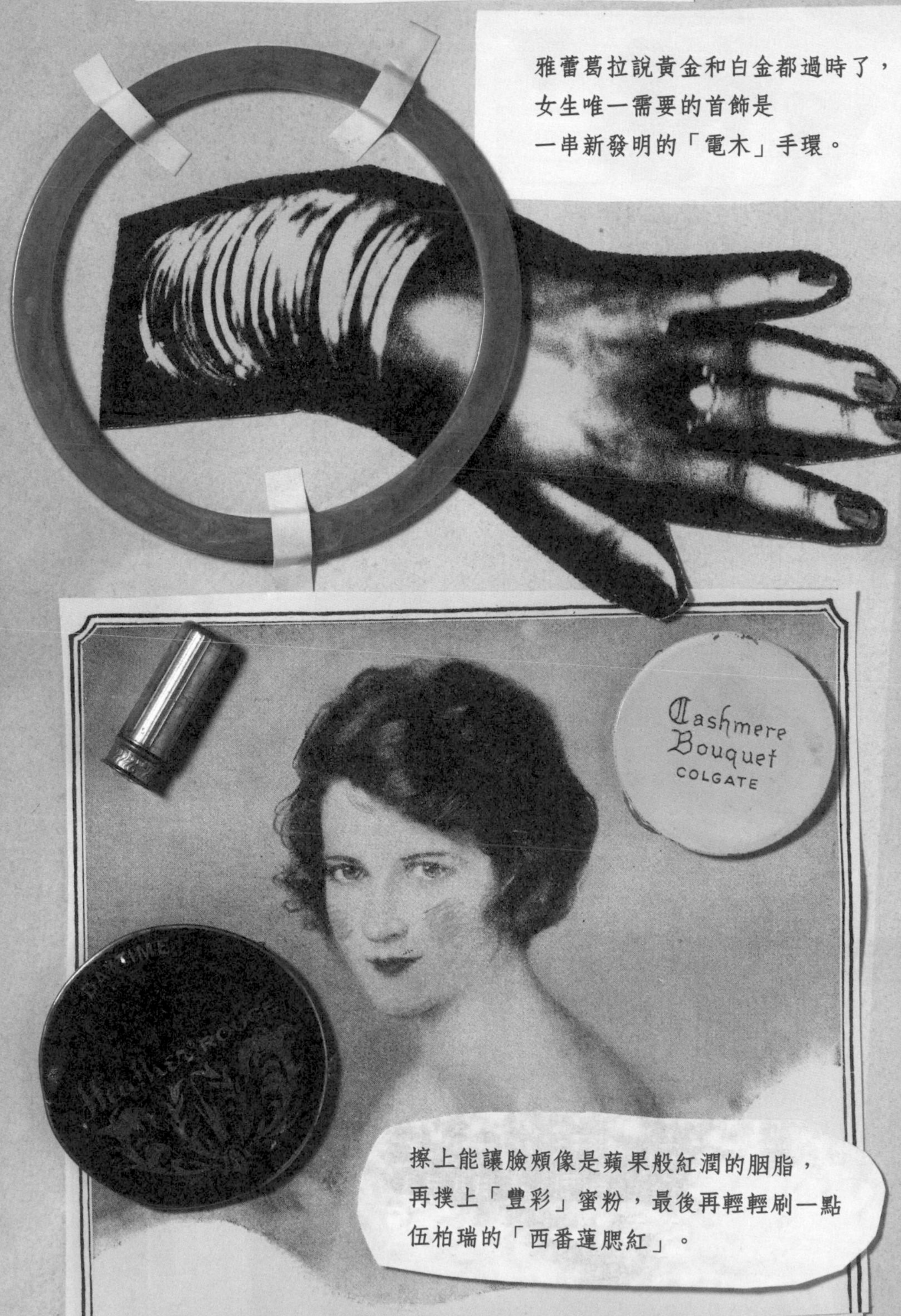

雅蕾葛拉和我對文學的看法不同

LITTLE REVIEW

Poetry
A Magazine of Verse

雅蕾葛拉喜歡在「華盛頓廣場書店」
買字體模糊不清的文學雜誌。

現代詩

艾茲拉．龐德

她說史坦因、艾略特，和龐德
都是最重要的當代詩人。

葛楚．史坦

〈藝術〉

一顆雞蛋=白帛敷青砒
紅莓泥！視覺饗宴

一段絲帶
絲帶上有紅
紅、白與藍
你知曉為何緣是如此黃
在一段絲帶上　絲帶是頸鍊
別說你喜歡珠珠
我喜歡貝殼和鈴鐺
但不是掛在門上那種

T. S. 艾略特

油燈說，「四點鐘。」
「門上有數字。」
「記住！」
「帶著鑰匙。」
「小油燈投出一個環落在階梯上。」
「上樓。」
「床鋪掀開；牙刷掛牆上，鞋子放門口，
睡覺，為生命做準備。」
刀身最後一扭。

「嘆為觀止。」我說。「??????」我心想。

我愛死了普林斯頓大學男生史考特·費茲傑羅新近發表的那篇小說。
（雅蕾葛拉說它是「小資產階級」。）

塵世樂園

F. 史考特·費茲傑羅

我把它當動物學來研究富有的大學男生的想法與談吐。
（它比我的動物學教科書還有用，我已經讀到剩最後二章了！）

By F. Scott Fitzgerald

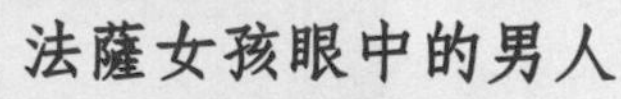

雖然法薩女孩
自認「摩登」，
但她們以男人為題的
談話內容事實上
都直接抄襲
自她們的母親和
珍・奧斯汀。

1.他的家世很好
（有錢得不得了）

2.他機靈得要命
（不時發問）

3.他的為人不怎麼正派
（喜歡在女孩面前耍寶，要不就是窮酸，或者又愛耍寶又窮酸）

最喜歡在新生交誼廳
玩的紙牌

別管什麼
「優秀學生名單」了！
班上的第一名媛是
梅・戴文波特，
她宣布耶誕節過後
就要離開法薩結婚去了。

法薩女孩不瞭解的男人

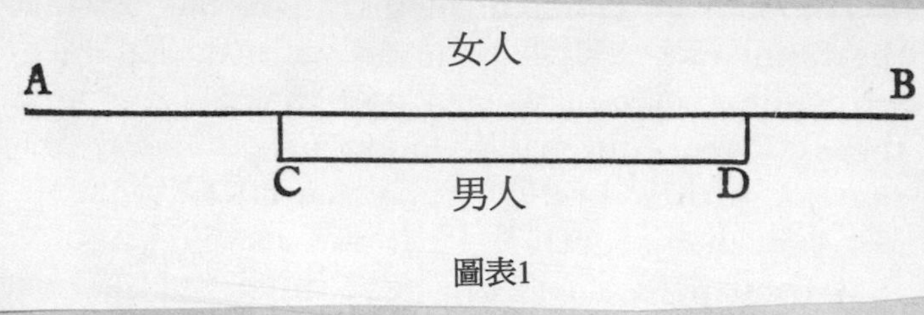

圖表1

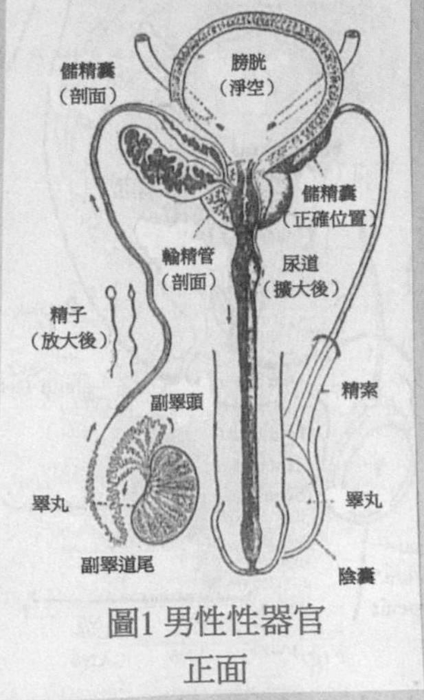

圖1 男性性器官
正面

在「衛生保健」課堂上，賽爾伯格醫生給我們看曖昧的圖表與名詞解釋。

性病

(*a*) 淋病

(*b*) 梅毒

彼此互相調適

樂趣中斷

（或）

持續不斷

「不可忽略任一細節或一知半解」

婚姻性技巧

在新生交誼廳內
傳閱的婚姻手冊
更令人不解（與不安）。

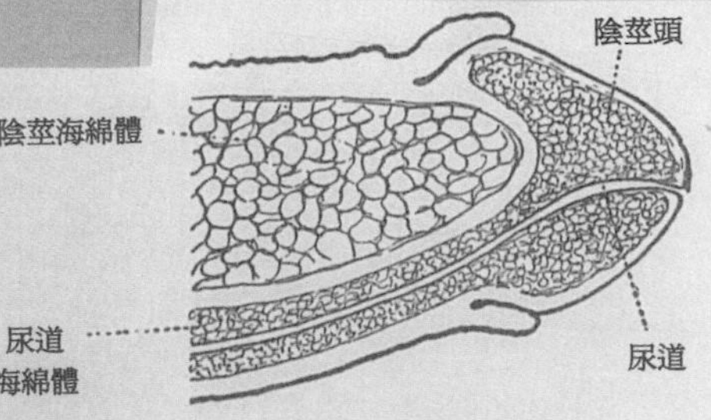

D. 勃起後的陰莖圖示：充血之後

性交姿勢

1. 正常姿勢

2. 後交姿勢

3. 側交姿勢

回家過耶誕節

新英格蘭的冬季神話

現實

我們家看起來
比我印象中更破舊。

（我在法薩宿舍絕口不提
我家的暖爐會冒出蒸汽。）

母親窩在煤氣燈旁
縫補弟弟們的破襪子。
她又多接了幾個護理工作
好貼補家用。
她對我說，
她很高興我不必幹這些活。

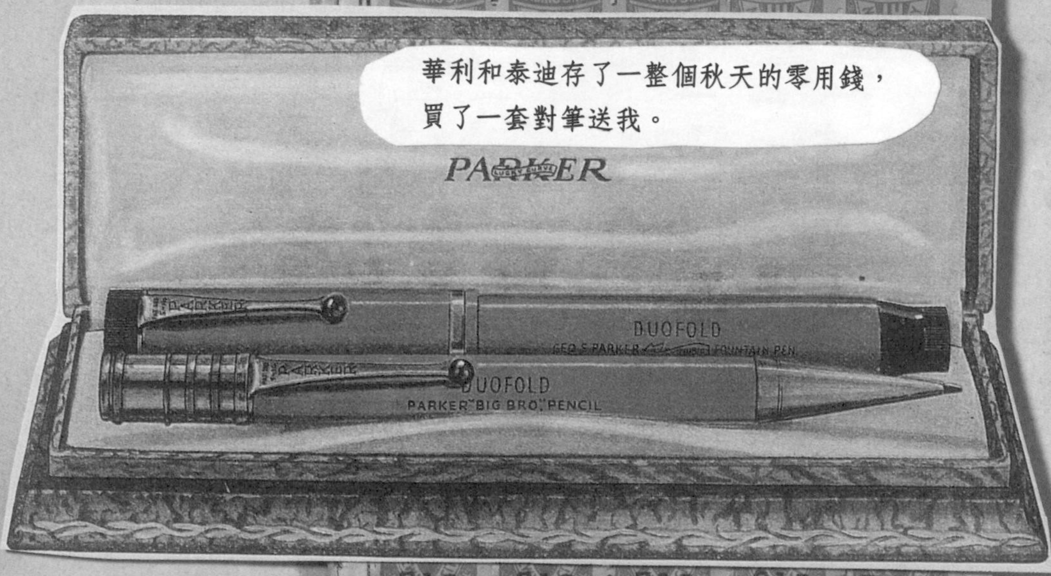

華利和泰迪存了一整個秋天的零用錢，
買了一套對筆送我。

（我沒有告訴他們我忙著玩樂，
沒有用功讀書。）

（我沒有告訴他們，雅蕾葛拉的
書桌抽屜裝滿了派克鋼筆。）

平格利上尉離開了

最後我按捺自尊，

向母親詢問詹米的消息。

他有寫信給我……

或嘗試跟我聯絡嗎？

她嚴厲地瞪著我，
一會兒後才說「沒有」。

母親會騙我嗎？
我想不會。
她甚至不會
護著我。

她說，平格利太太回去貝肯山了，
上尉也回紐約和他的妻子團聚。

房屋門窗緊閉，
聽說平格利一家人不會回來了。

一天下午，我跋涉雪地，
艱難地走到平格利家親自去看個究竟。
車道上積滿了雪，雪深淹沒我的膝蓋。

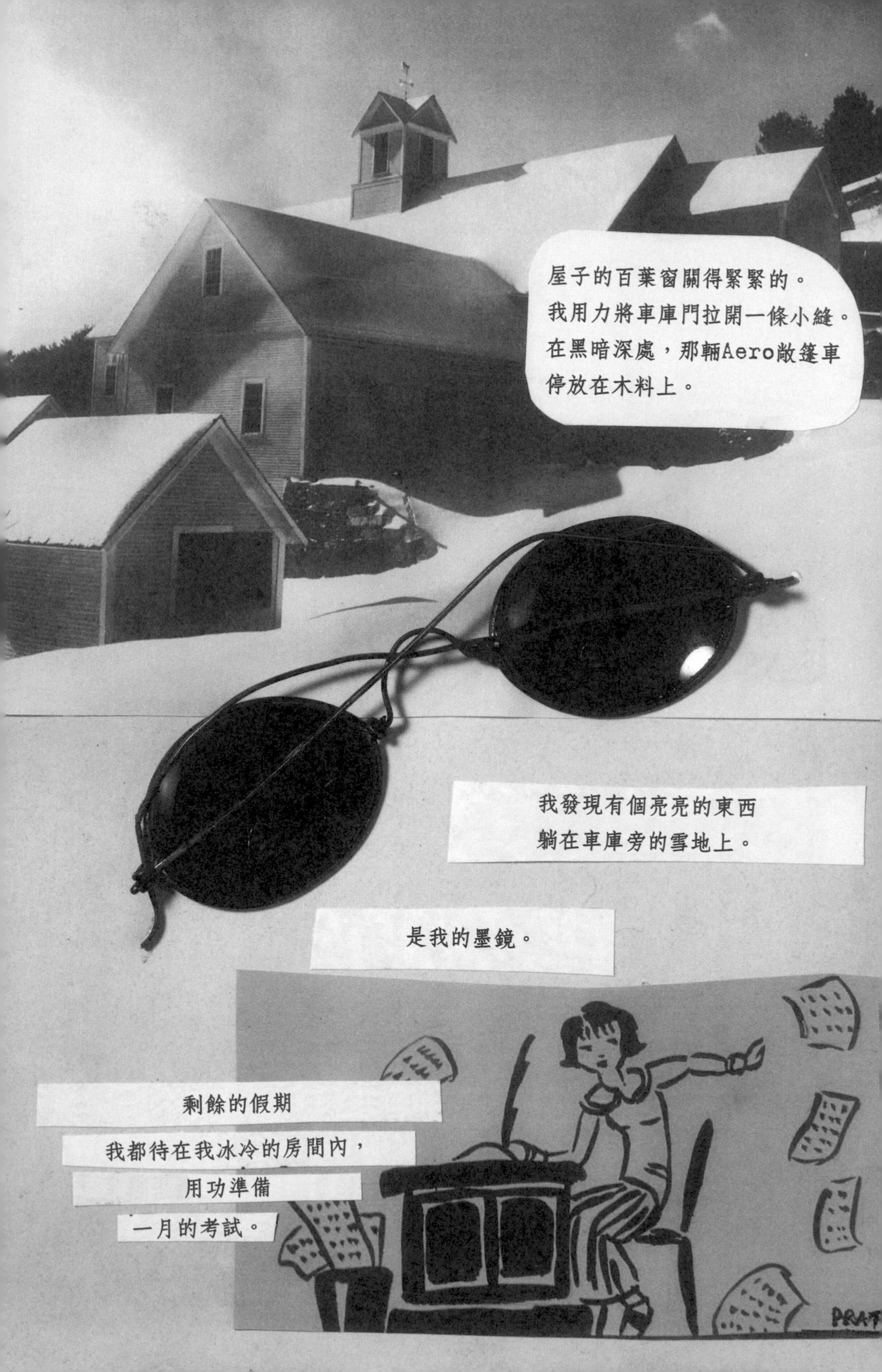
屋子的百葉窗關得緊緊的。
我用力將車庫門拉開一條小縫。
在黑暗深處，那輛Aero敞篷車
停放在木料上。
我發現有個亮亮的東西
躺在車庫旁的雪地上。
是我的墨鏡。
剩餘的假期
我都待在我冰冷的房間內，
用功準備
一月的考試。
PRAT

我的 第一個 學期測驗

悲慘的成績

83

動物學

古代歷史

D+

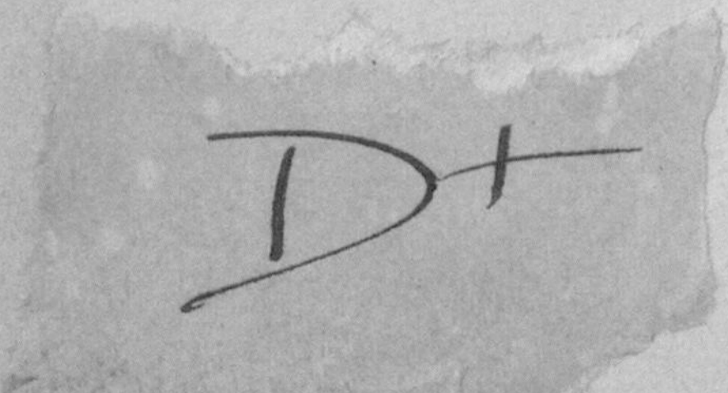

大一寫作

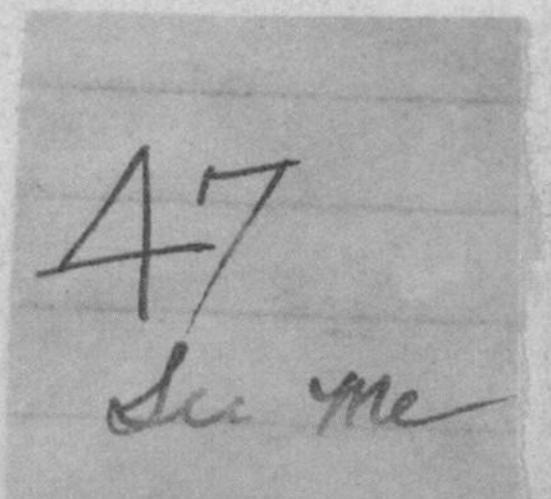

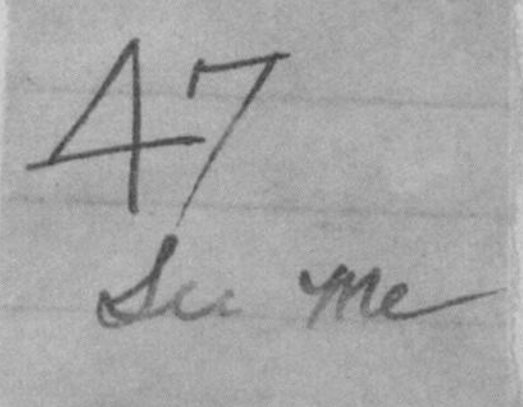

立體幾何

一敗塗地

最後是法文

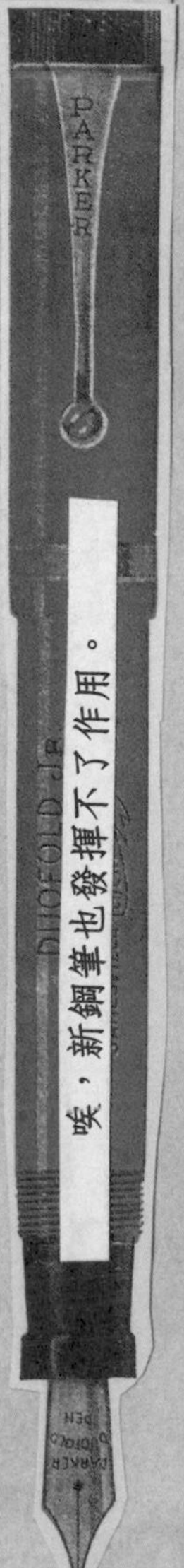

唉，新鋼筆也發揮不了作用。

我和教務長湯普森「小談」

我被叫去教務長湯普森的辦公室。
房間內有股樟腦味，一隻肥胖的
白色波斯貓躺在她腿上。桌上攤著標示
「法蘭西絲・普瑞特」的資料。

她說：

＊我的幾位教授對我的「拙劣表現」
都非常失望。
＊這是意料中之事，因為我不像
「其他」女孩一樣「先天具足」。
＊是否超出我的能力範圍？
＊不得不提醒我，假如我的平均成績
不能維持在B以上，獎學金就會被取消。
（好像我已忘了這回事似的！）
＊是不是伍爾夫小姐太
「不守規矩」和「讓妳分心」？
＊也許讓妳獨自住單人房會好一點？

我說：

（用力忍著淚水）
＊我會努力用功提高成績。
（可是，要怎麼做？）
＊當然不是超出我的能力
範圍。（是的，是超出
我的能力範圍）
＊伍爾夫小姐不會
讓我分心。（她會）
＊我想繼續住我的雙人房。
（那是我在法薩最美好的一件事）

我有一位家教

雅蕾葛拉發現我坐在籐椅上啜泣。

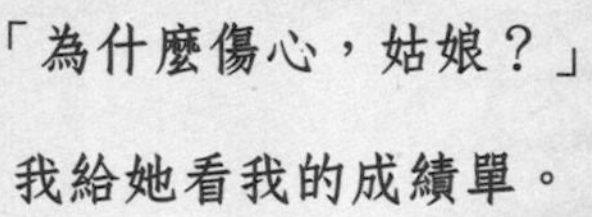

「為什麼傷心，姑娘？」

我給她看我的成績單。

「那又怎樣？
半數以上的女孩成績不是C就是D，
她們從不讀書。」

「可是我會失去獎學金，
被迫休學。」

她很吃驚。她從沒想過一個貧窮又失去父親的女孩的處境。

「我們不能坐視這種事發生。
我來教妳。我的法文、數學都很好，寫作也不差。」

有什麼事是雅蕾葛拉不擅長的？

雅蕾葛拉的筆記和小抄

開場白
應該要有吸引力。

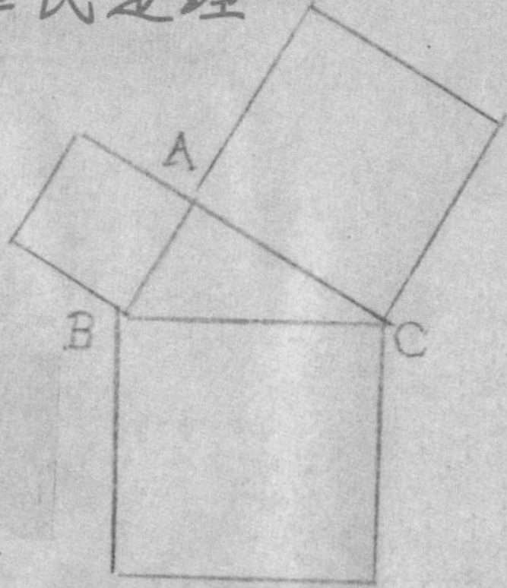

用重複字來顯示對句法

段落中插入解說。
不應該只有單一次要的重點。

畢氏定理

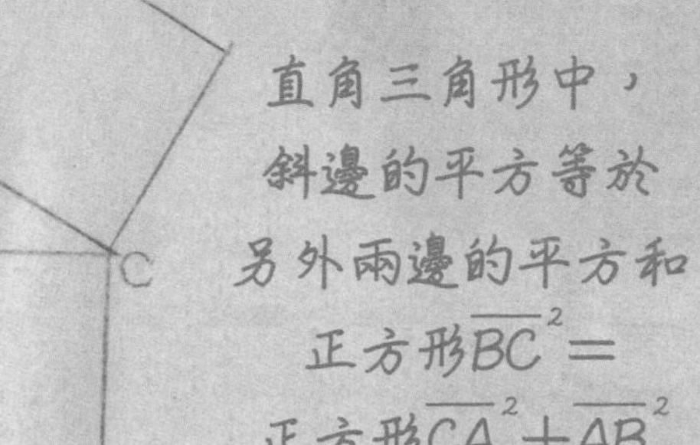

憂慮解除了

（法文）動詞
知道
假設語氣
我知
你知
她知

耶魯大學，紐哈芬，康乃狄克州

波麗．皮巴迪邀請我參加
耶魯大學二年級的茶舞派對，
也算是我與她哥哥查德的約會。
她說：「我告訴他，妳是我們那一層
宿舍最漂亮的女孩。」（我是嗎？）
他人很好，是個曲棍球選手。

雅蕾葛拉把她的杏桃色
「巴鐸」絲洋裝借我穿。

我對查德．皮巴迪充滿無限的想
像。我幻想他像《塵世樂園》中
的男大學生一樣機智又瀟灑。

男大學生的真實面
ORANGE
CHERRY
GRAPE
基爾
（查德的室友）
我
查德
波麗
PUR-OX
SYRUPS
史考特・費茲傑羅錯了。
男大學生不談跳舞、調情、接吻、
女人服飾、電影，或書籍。
他們談足球、曲棍球、俱樂部、
私酒、烈酒，和汽車。

我從查德那邊得知

查德：我的舞技恐怕不大行，尤其是黑人舞。

法蘭琪：什麼舞？

查德：妳知道的，就是散拍舞、狐步舞、黑底舞那些。
我跳不來。

法蘭琪：噢。那你喜歡耶魯嗎？
（噫……好無聊的問題。）

查德：教科書無聊透了，譬如《有閑階級論》，簡直就是在諷刺財富。
我有三科成績是F，教務長叫我要提高成績，否則得退學。

法蘭琪：（精神一振）我也是！
不過我的室友很聰明，她正在幫我補習。

查德：波麗跟我提過妳的室友，猶太女孩，
她的哥哥和我同班，叫奧力佛·伍爾夫。

法蘭琪：（雅蕾葛拉從未提過她有個哥哥……為什麼？
我想奧力佛·伍爾夫一定會跳舞，還懂得衛伯倫。
我立刻轉身。）他在這裡嗎？

查德：大概沒有。他們不大跟別人來往，妳知道的。

法蘭琪：不，我不知道。

查德：喔，好吧。也許妳應該換個室友。

會見伍爾夫家人
──我不知道妳有個哥哥在耶魯。（我很傷心）
──妳為什麼想認識奧力佛？（她聳聳肩）
──妳是我的室友，我想認識妳的家人。
──也許我不好意思提到我的家人。
──也許妳是不好意思提到我。（我快哭了）
──唉，拜託。（她用一種撫慰的語氣）假如妳想認識伍爾夫全家，春假跟我一起回家好了。不過我先警告妳，我的父母很保守，奧力佛則是個討厭鬼。
伍爾夫家的司機路易斯開了豪華Packard車來接我們。

中央公園西街的生活

伍爾夫先生的書房

音樂室

公寓內還有二樓!!

窗戶望出去是
中央公園

女傭露西。
雅蕾葛拉用法語
和她交談。

豪華浴室
BEAUTY IN THE OPEN; CRANE QUALITY IN ALL HIDDEN FITTINGS
露西
把早餐
端到
我床上！
雅蕾葛拉的父母艾彌兒與伊內斯．伍爾夫。她直呼他們的名字，所以我也學她。他們個子不高，優雅而親切，但有點迷糊，似乎不記得雅蕾葛拉就讀法薩學院，或我是什麼人。
伊內斯和艾彌兒
隨時都是赴宴的打扮。
他整天待在他的書房不知忙些什麼。
她則忙著觀賞歌劇和交響樂演出。

奧力佛進場

一天早上，我發現一個男人橫躺在客廳沙發上。「喔，哈囉。」他說，並踉蹌地跳起來，穿著短襪的雙腳站在地板上（一個腳趾上還有破洞），伸手把落在額頭上的亂髮往後撥。「我叫奧力佛，我知道妳是誰，妳是那個對笨查德·皮巴迪冷淡的女孩。」

他一邊喝咖啡，
一邊不停地對我發問。
告訴我妳的父母、妳的弟弟們，
還有科尼希。
妳喜歡法薩嗎？
其他女生好不好？
妳最喜歡哪個作家？（我沒有說華頓夫人，我說費茲傑羅。）
妳畢業後想做什麼？希望不是想結婚。（我說，我想為雜誌撰稿。）
妳想住在什麼地方？（紐約，或是巴黎。總之，不是科尼希！）
然後他仔細聽我回答，一邊點頭，
彷彿十分讚許。

我發現雅蕾葛拉
從不對我發問。
她都只說她的看法。

奧力佛看起來就像個邋遢版的
「箭牌」襯衫模特兒。
他的毛衣上有蛀蟲咬的破洞，
外套少了扣子，領帶上還有污漬。

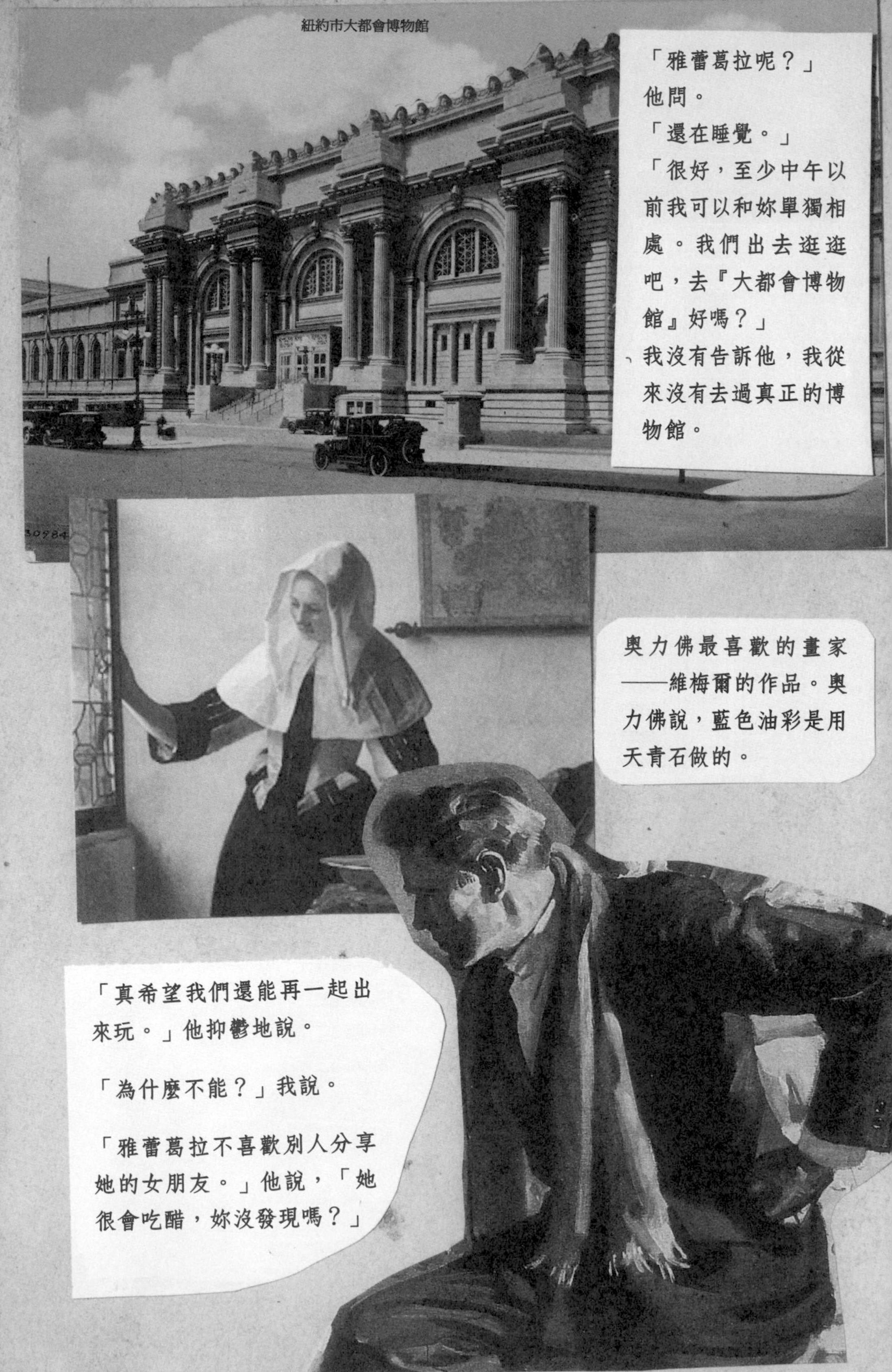
紐約市大都會博物館
「雅蕾葛拉呢？」他問。
「還在睡覺。」
「很好，至少中午以前我可以和妳單獨相處。我們出去逛逛吧，去『大都會博物館』好嗎？」
我沒有告訴他，我從來沒有去過真正的博物館。
奧力佛最喜歡的畫家——維梅爾的作品。奧力佛說，藍色油彩是用天青石做的。
「真希望我們還能再一起出來玩。」他抑鬱地說。
「為什麼不能？」我說。
「雅蕾葛拉不喜歡別人分享她的女朋友。」他說，「她很會吃醋，妳沒發現嗎？」

留校察看！

法薩學院

第2學期成績單 1920-1921

法蘭西絲·普瑞特

Course	Hours	Grade
英語 1		B
歷史 30		B-
數學 2		B
動物學 12		B-
法文 2		C-
衛生保健		B
體育		B

1921年6月總成績

C.蜜德蕾·湯普森

（以上）

除了我最「畏懼」
的法文以外，
其他科目成績
勉強提高到B-以上。
湯普森教務長
准我留校察看。

她說暑假
我必須留在法薩，
由孟妮耶小姐
為我補習法文，
如果我能通過考試，
我就能保留獎學金。

我可以暫時
住在寄宿校舍內，
學校一些沒結婚的
教職員都住在那裡。

她們為我找了一個差事，在圖書館打字製作圖書分類卡，這樣我可以賺一點生活費。

巨頭岩（大西洋海岸上的制高點），巴爾港

鬱悶的暑假

我的朋友們
從她們多采多姿的
旅遊途中寄明信片
給我。

雅蕾葛拉暢遊法國

波麗．皮巴迪
在巴爾港俱樂部

GREETINGS FROM
VASSAR

親愛的雅蕾葛拉：

謝謝妳從沙特爾、凡爾賽、聖米樹山等地寄來的明信片。我好羨慕。

我在這裡忍受孟妮耶小姐連續不斷的糾正，並學習了「杜威十進分類法」。晚上我就和麥凱勒院長玩紙牌。（比較好玩！）

我和桑狄森小姐變成了好朋友，她說我們倆明年都可以選修她教的高級小說寫作班！她給我一本禁書——D.H.勞倫斯所寫的《戀愛中的女人》。是本很熱情的書！她還給我看凱薩琳．曼斯菲爾的短篇小說，曼斯菲爾已經成為我的新偶像了。

妳可別和小白臉私奔……　　　　　　　　　　法蘭琪

評 T. S. 艾略特的〈荒原〉

作者：法蘭西絲．普瑞特 1924

〈荒原〉的結構如同一幅馬賽克作品，由數以千計不同的圖案構建而成。這些構件元素中有些是我們熟悉的，有些是陳舊的、有些是創新的，有些則是艾略特個人詩作的特色，集合成一種深奧難懂又看似缺乏統一的型態。初次閱讀很容易產生困惑、好笑、不安的感覺而放棄。

評 維拉．凱瑟的〈一個迷途女子〉

作者：法蘭西絲．普瑞特 1924

瑪麗安．佛瑞斯特代表了美國蠻荒西部之花這個意象。起初，她似乎從那塊堅實的土地汲取力量，為她年長的丈夫、他們居住的甜水鎮、他們擁有的大草原，以及傳述她的事蹟的年輕人尼爾．赫伯特，帶來歡樂與美好的生活。他們被她的聰明與優雅蠱惑，最後卻都遭到背叛，因為瑪麗安渴望「多采多姿的人生」。為了追求她的人生，她終於失去她所愛的一切和所有愛她的人。

法薩評論

大四時，雅蕾葛拉和我的名字登上雜誌封面。

情人（從缺）
FOR VALEN
MY TINE
天天想妳，
妳永遠在我心上
你納悶
我為何穿上
這件斗篷，
但假如
你多想一想，
你會發現它其實
是用來掩飾
我對你的
情感
在法薩的情人節讓我悶悶不樂。
其他女孩都收到許多男友和父親
寄來的卡片，以及玫瑰花和Tiffany
的絲絨珠寶盒。
Bear me in mind, my Valentine.
VALENTINE GREETINGS
我在郵件室的垃圾桶內
發現被人丟棄的情人節卡片

這是開啟

我

心房

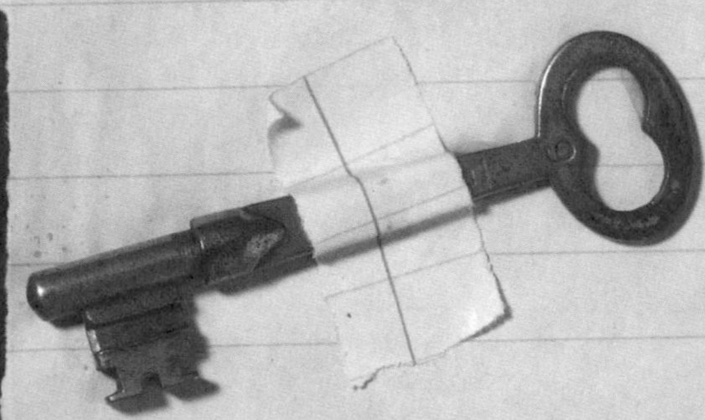

的

鑰匙

大四那年，
我收到一張情人卡。

一張自製的情人卡，
類似莉西、貝西和我高中時
送給班上男生的卡片。

這位神秘的仰慕者是誰？

我分析線索：

- 來自科尼希的郵戳
- 地址是用
打字機打的
（怕我認出筆跡？）

結論：

我願意相信
是詹米寄來的。

但也有可能是
莉西和貝西開的玩笑。

或是我的兩個弟弟。

我眼前沒有熱情的愛人。

失和

雅蕾葛拉和我都提出短篇故事，
參選法薩校園的「愛迪生文學獎」。

《野餐》短篇小說

作者：法蘭西絲・普瑞特

「抱歉，有蚊子。」

「牠們從不叮我——大概我不怎麼可口。」

「才怪。」

「這個三明治裡面紅紅的

是什麼東西？」

「『惡魔火腿』，

我們在軍中常吃。」

「你會常常想起戰爭嗎？」

「盡量不想。」

「這個問題問得真蠢。」

「我寧可多談談妳。

妳想當護士。」

「也不盡然。」

「那妳想做什麼？」

「說出來你會笑我。」

「不，我不會。」

親愛的法蘭琪：
這個故事恐怕有點幼稚。
妳是暗示只因這個年長的男人用
柯達相機幫這個女孩拍照，
她因此有被羞辱與侵犯的感覺。
他肯定還會進一步佔有她的「貞操」！
切記——寫妳知道的東西。
不過，妳很用心，繼續加油。

雅蕾葛拉

我犯了一個錯誤，我把要參選的作品
《野餐》拿給雅蕾葛拉看，請她指教。

1924年3月18日

親愛的普瑞特小姐：

我們以欣喜的心情通知您，
您的短篇故事《野餐》
獲得1924年「愛迪生文學獎」。

恭喜妳。

這是雅蕾葛拉聽到我贏得
「愛迪生文學獎」後的反應。

文森回母校教書
艾德娜·聖文森·米雷，
1917年畢業生，是法薩學院最出名
也最聲名狼藉的畢業生。
她應聘回母校教詩歌朗讀！
文森在1923年獲得「普立茲
文學獎」，是第一位女性得獎人。
桑狄森教授選我當文森的
校園導覽員，「因為妳是
愛迪生文學獎得獎人。」
這使雅蕾葛拉更火大了。
我的蠟燭兩頭燒；它熬不過這一夜；
但是，啊，我的敵人，還有，
噢，我的朋友——
它給了我美麗的光！
所有女孩
都愛她描述
情人充滿刺激
的情詩。
星期四
若我星期三愛你，
你會怎樣？
我星期四不愛你——
這是肺腑之言。

文森給我建議

她給人的
第一印象：
穿上羊皮襖後
顯得十分嬌小，
紅火熱情的
短髮齊耳，
兩眼無神，
手指因菸不離手
而染成黃色。

我對文森說，
〈哀歌〉
讓我想起爹地
去世後的母親。

「那是我為我的
母親寫的，」
她說，「我母親
是個護士。」文森
也是靠獎學金
就讀法薩學院。

我告訴她，
我打算畢業後返鄉
幫忙養家。

「假如妳想
成為作家，
就不要老是
回顧過去。」
她提醒我。
離開它，
勇往直前。

〈哀歌〉

聽好，孩子們：
你們的父親去世了。
我要把他遺留的舊外套
改小了給你們穿；
我要把他遺留的長褲
改小了給你們穿。
他的口袋內
還有一些他隨身攜帶的東西，
幾支鑰匙和幾枚銅板
雜著幾絲菸草；
銅板給丹恩
存進他的撲滿；
鑰匙給安妮
奏出美妙的音樂。
日子依舊得過下去，
逝去的就讓它逝去；
日子依舊得過下去，
雖然好人已經謝世；
安妮，快把早餐吃了；
丹恩，快把藥吞了；
日子依舊得過下去；
但我忘了為什麼。

Edna St. Vincent Millay

VASSAR

1924年畢業班

畢業典禮

1924

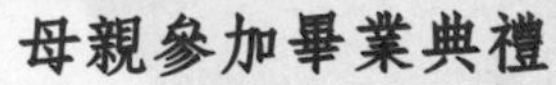

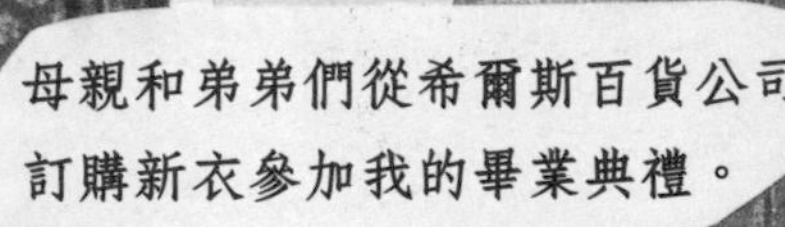

5.98
Two Pants Suit

4.98

華利和泰迪看到一排排的Packard、Pierce-Arrow、Stütze、Marmon豪華轎車，驚羨不已。

洋裝 1521

其他女孩都和
她們的家人
去法薩餐廳的
貴賓室用餐。
我們則去
史密斯兄弟餐廳。

我看見奧力佛和
他家人簇擁著手持
「菲巴特卡帕獎」
榮譽會鑰、意氣風
發的雅蕾葛拉。
奧力佛偷偷對我
揮手打招呼。

Smith Brothers' **史密斯兄弟餐廳**

噴泉汽水與簡餐

史密斯兄弟咳嗽糖製造商經營管理

香煎牛肉片，番茄湯，馬鈴薯	$1.35
特選水煮火腿，果醬，炸薯條	$1.35
皇家奶油雞吐司，馬鈴薯泥	$1.35
糖漿煎餅	$.40
加培根	$.65
威爾士乾酪	$.75
金黃威爾士乾酪	$.90

我點了皇家奶油雞吐司，
母親點了威爾士乾酪，
華利和泰迪點了糖漿煎餅加培根。

PRICE, 10 CENTS

我又為兩個弟弟買了史密斯兄弟的
招牌商品——咳嗽糖。

母親給我400元，
她大概要存二年
才能省下這麼多錢。

玩具錢。真的錢在銀行裡。

「這些錢讓妳去展開妳的新生活。」她說。

法薩畢業生的未來

1924年期畢業生有85%表示，她們未來的人生計畫是為人妻和生兒育女。

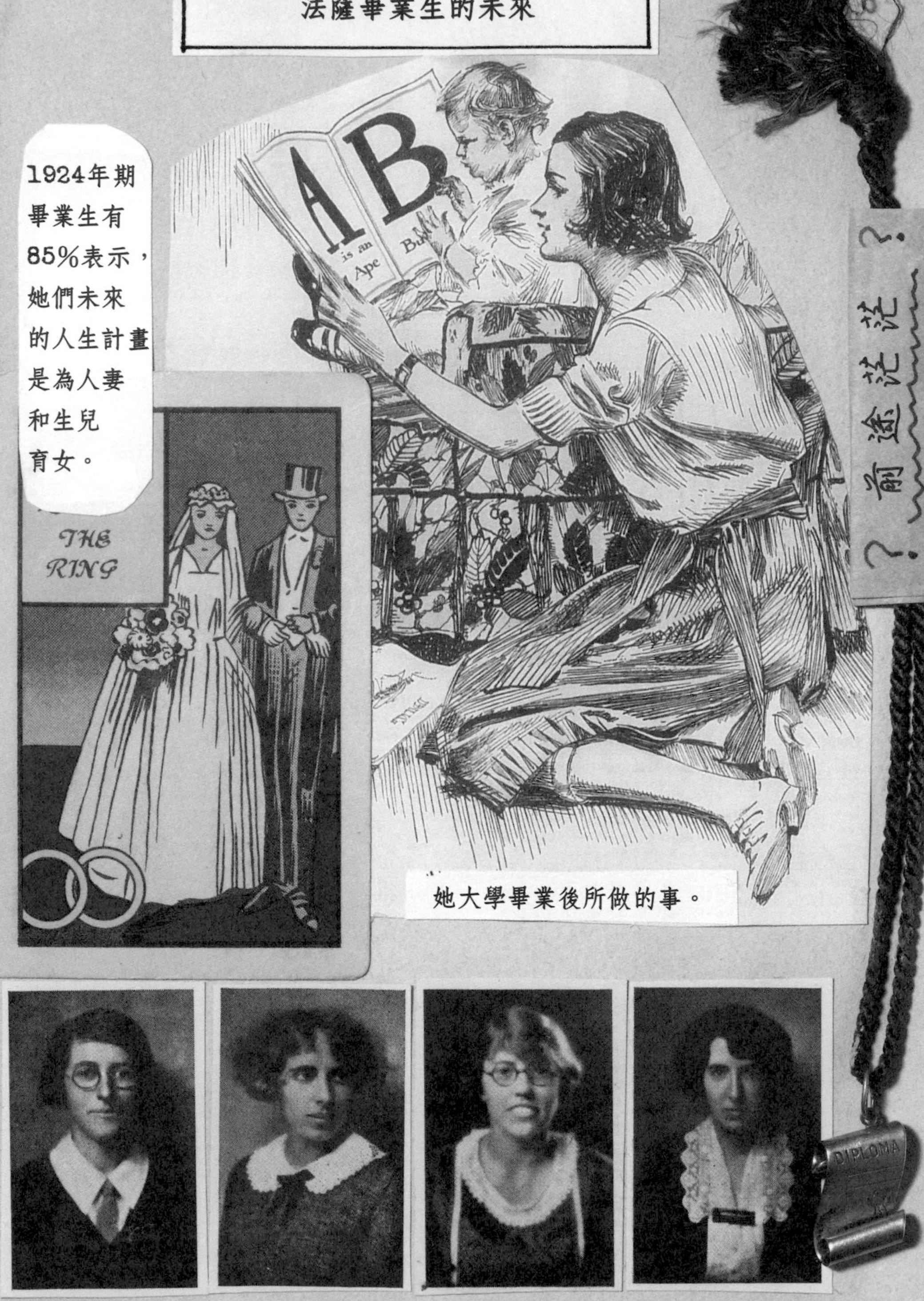

她大學畢業後所做的事。

少數幾位用功的學生打算成為醫生和社會工作者。其中有一位甚至想「籌組工會」。

在「未來事業」
這一欄，
我填寫
「三餐不繼的
藝術家」。
我勇往直前。
nted by CHARLES DANA
BSON for IPSWICH MILLS.

TILT-A-WHIRL
WONDERLAND PARK
1000 Surf Ave., Coney Island
ADMIT ONE
10c Admission 10c
0121101
0121101
旅順
Let's Meet Again at
PORT ARTHUR
RESTAURANT
7-9 Mott St., N. Y. C.
REAL CHINESE ATMOSPHERE
HORN & HARDART
VISIT THE AUTOMATS

未來的紐約市，「飛行器之都」，紐約州

第 3 章

"It's a Wicked Place—"

格林威治村

1924 - 1925

我抵達紐約市

畢業後一個星期，我隨著人潮湧進紐約市的中央車站，找了一個戴紅帽的腳夫搬運我的兩只行李箱與打字機，然後在書報攤買了一份導覽地圖。文森告訴我，格林威治村是藝術家非去不可的地方。

如何開始尋找妳的時運？
以下是待辦事項：
1. 認識紐約市街道（買地圖）
2. 找出地下鐵與公車車站（研究地圖）
3. 找個落腳的地方（看報紙廣告）
4. 去銀行開戶
5. 找工作（看報紙廣告）
6. 寫小說
7. 出版小說
8. 尋找生命中的真愛
一手拿著地圖，我走下鐵梯，
踏入陰暗喧鬧的東區地下鐵。
我只要在「亞斯特廣場」站下車，
再往西走就對了。聽起來很簡單。
精選地區
汽車街 百老匯大道上50th街至75th街
中國城 佩爾街、莫特街與多耶街交界的查塔姆廣場一帶
下城 堅尼街以南至砲臺公園
東城 包厘街以東，1st街以南
金融區 華爾街以南至砲臺公園
格林威治村 6th大道以西，西豪斯頓街以北
哈林區 5th大道東、西兩側110th街至135th街
地獄廚房 8th大道以西38th街至59th街
義大利區 華盛頓廣場以南
拉丁美洲區 14th街以西
路口小教堂 29th街5號以東
小義大利區（天堂公園） 里奧納街與牟貝利街一帶，俗稱牟貝利街口或五叉路口
百萬富豪街 5th大道上59th街至110th街
報社街、公園街 市政廳對面
咆哮四十 6th大道至8th大道；40th街至49th街
聖胡安山殖民區 55th街至8th大道以西
商業區 34th街、百老匯大道至5th大道、34th街至57th街
敘利亞區 砲臺公園以北的格林威治街與華盛頓街
牛肉場 （範圍不明顯）大約位於百老匯大道西側23rd街至50th街之間
華盛頓高原 155th街以北
霓虹燈區 百老匯大道上34th街至59th街

格林威治村

華盛頓廣場拱門，紐約市

格林威治村

緊鄰華盛頓廣場西側

這裡是紐約的「拉丁區」。

藝術家、雕刻家、作家、音樂家等聚集的地方。

這裡到處都充斥著有才華的、有個性的、身穿工作服與花領帶——狂放不羈的紐約人！格林威治村以非傳統生活型態與尋歡作樂的夜生活聞名於世。

地下室、閣樓，甚至倉庫都被用做工作室、咖啡館與俱樂部使用。結合了標新立異的裝潢、與眾不同的改良式現代裝飾，和想要創造一種空間「氛圍」的感受，這些吸引了成千上萬人湧進格林威治村的「胡椒罐餐廳」、「薩摩瓦餐廳」、「胡桃夜總會」和「海盜窩餐廳」，以及其他上百家熱門的集會場所。粗獷的原木桌椅呈現的是美味的餐點。

插在舊啤酒瓶上的動物油脂蠟燭散發出黯淡的燈光，使環境顯得更有「氣氛」。雖然為這個地區的每家餐廳帶來歡樂氣氛的是最普遍的飲料：茶與「近似啤酒」的麥汁，但仍然不時會聽到違反「禁酒令」的耳語，說沙漠中的某些綠洲內仍然可以找到真正的「酒精飲料」。真正的地下酒吧都經過巧妙的偽裝，瞞過這個地區的巡警——這些反倒又讓這個社區增加不少特色，吸引更多的遊客入夜後紛紛湧進格林威治村。

社區活動中心

市政廳兼民眾活動中心

我走進著名的「胡椒罐餐廳」，點了一杯烏龍茶和一份煎餅（連同小費一共25分）。女服務生（一個漫不經心的年輕女子，抽菸、染髮、口紅沾在牙齒上，沒有穿絲襪）看到我的《紅皮書》便說：「讓我猜猜看，妳剛從大學畢業，妳想搬來格林威治村成為一個藝術家。」

有這麼明顯嗎？

「我得先找個地方住。」我小聲地說。我的語氣是否如我感覺的那麼幼稚和愚蠢？

「去『華盛頓廣場書店』的布告欄上找找看，」她說，「上一位胸懷大志的藝術家積欠半年房租落跑後，房東就會為空出的公寓張貼招租廣告。」

公寓出租
一房，家具齊全
冷水
冰箱、電爐
月租$18
意者請洽
華盛頓馬廄巷十四號
麥佛太太

我找到一個人住的房間

華盛頓馬廄巷——以前的華盛頓廣場（想起凱薩琳·史洛普）後面的一條巷子。昔日的馬廄如今已改建為住宅與工作室。依莎貝拉·麥佛曾是個有名的歌劇歌手。（從掛在牆上的照片看來，恐怕連合唱資格都談不上。）不知道麥佛先生在哪裡，是否真有其人。

所謂「公寓」是二樓後面的一間臥房，裡面有股霉味和咖啡燒焦的氣味。浴缸和廁所在一樓，必須和另外三個房客共用。

上一位房客是來自聖保羅的溫妮，在藝術學生聯盟學繪畫。她留下一件印有龍圖案的日本和服、一條Tangee口紅，以及她幾張引人遐想的裸體素描。
「典型的藝術家。」麥佛太太嗤之以鼻地說。

在這個閱讀式微的年代裡，我們更要做夢、勇敢飛翔！

非虛構001

為什麼貓都叫不來

猫なんかよんでもこない

◎杉作　著

日本再版不斷，銷售超過十萬冊！
不管你是貓派、狗派，都會愛上這本書！隨書贈送超可愛拉頁海報！

某個下雪的夜晚，哥哥把撿回來的兩隻貓，塞給了我這個拳擊手。
「我是以世界冠軍為目標的人欸，居然要我照顧貓……」
貓都很自我，我討厭貓。
以前我最瞧不起那些對寵物說話像在對人說話的行為了，不知不覺中，我竟然也成為這樣的人。
然而，在我受傷被迫放棄拳擊之路時，只有這兩隻小小貓陪伴著我，為我帶來意想不到力量……

非虛構002

內田悟的蔬菜教室 當季蔬菜料理完全指南 保存版 秋冬

內田悟のやさい塾　旬野菜の調理技のすべて保存版　秋冬

◎內田悟　著

22種秋冬蔬菜＋111道料理＝
9歲到99歲都需要的全新季節蔬菜完全指南！
《內田悟的蔬菜教室》春夏、秋冬 兩冊，在日本銷售突破73000部！

蔬菜達人內田悟，親自解說什麼蔬菜要在什麼季節吃、要怎麼洗、切、煮、調味，更重要的是要怎麼吃才會最好吃！
從今天開始就可以派上用場的〈秋冬〉蔬菜料理新技術，只要試過一次就會愛上的內田式烹調技術、技巧、技能！

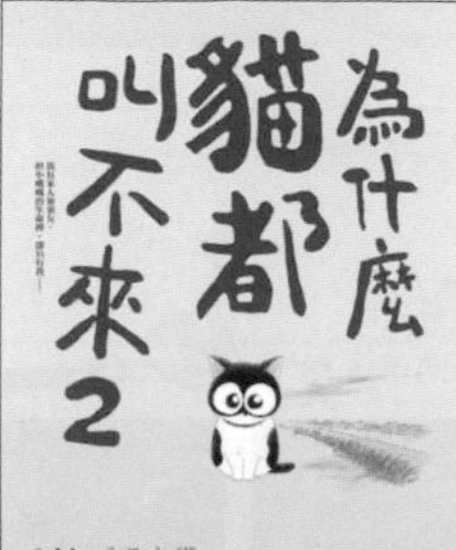

非虛構003

為什麼貓都叫不來2

猫なんかよんでもこない。その2

◎杉作　著

夢想破滅的日子，想哭的夜晚，貓咪都在我身邊！
榮登金石堂、博客來、誠品 暢銷榜，待望第二集熱烈出版！
全國愛貓族粉絲快速增加中！暢銷系列《為什麼貓都叫不來》，再掀感動高潮續作！

成為漫畫家後，與朋友的往來逐漸頻繁，也開始考慮「是否該交個女朋友……」。小嘰嘰對這樣的我，露骨地表現出她的嫉妒。
我有朋友、有母親、有哥哥。沒有父母、沒有貓朋友的小嘰嘰，卻只有

Emily Trend

01

虛構001

蘿西計畫

The Rosie Project

◎格蘭・辛溥生 著

一上市即榮登紐、澳、英、美暢銷排行榜寶座，
其餘國家陸續出版發燒中！
長達16頁的擇偶計畫＋難搞的尋父計畫＝難以預期的蘿西計畫？

小唐，遺傳學教授，39歲，不抽菸，小心謹慎，自信擁有優秀遺傳基因。標準化是小唐的堅持，每週練三回合氣道，下午三點四十八分後不喝咖啡，每星期二吃龍蝦不喝酒，他要結婚，但沒有對象，精心擬定長達16頁超完美「擇偶計畫」找老婆……

蘿西，女酒保，抽菸喝酒，不會做菜，不愛整理，激動時還口出髒話。標準化從來不是蘿西的選擇，她不在乎規則，據理力爭，她有一天來到小唐的辦公室，其實只想問一個遺傳學問題。卻沒想到搞亂整齊先生的時間表，規律生活開始失速……

虛構002

寂寞的公因數

Ulik au pays du désordre amoureux

◎弗杭蘇瓦・樂洛赫　著

不論是不是自己選擇的，面對孤獨都需要很多勇氣！

年輕的因紐特人尤利克離開了終年白雪的部落與他心愛的吶娃拉吶娃，前往陌生的大都市，在時空和文化的衝擊下，他與幾位女子建立起意想不到的關係，但他仍感到巨大的寂寞和孤獨……越是生活在這裡，這裡的兩性關係越令他無法理解：女人似乎可以不要男人，而男人也不明白女人在想什麼。雖然雙方不斷用各種方法尋找另一半，也各自提出相處的條件，卻是各說各話似地難以獲得最大的公因數。他們外表看起來光鮮亮麗，但心理的本質卻是孤獨難語。

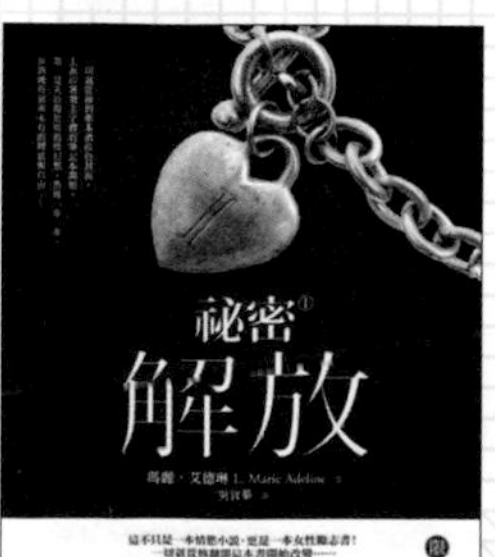

虛構003

祕密I：解放

S.E.C.R.E.T

◎瑪麗・艾德琳 著

打敗《格雷的五十道陰影》，榮登加拿大暢銷榜第一名寶座！
喚醒妳的性自覺，解放性自主的祕密！

凱希，三十出頭的年輕寡婦，咖啡廳的服務生。她迷戀著帥氣溫柔的咖啡廳老闆威爾，卻不敢接受他的約會邀請。她感到心裡某個東西漸漸萎縮，然後死亡，就這樣過了五年沒有性生活的日子。直到有一天她撿到那位手戴金色綴飾的神祕女客人掉在咖啡店裡的一本酒紅色筆記本，從她翻開內頁開始，內心的某個聲音意外地被喚醒了……

廣　告　回　信
台北郵局登記證
台北廣字第04474號

平　信

To: 愛米粒出版有限公司　收

地址：台北市10445中山區中山北路二段26巷2號2樓

當讀者碰上愛米粒

姓名：＿＿＿＿＿＿＿＿＿＿　□男 / □女：＿＿＿ 歲

職業 / 學校名稱：＿＿＿＿＿＿＿＿＿＿＿＿＿＿＿＿

地址：＿＿＿＿＿＿＿＿＿＿＿＿＿＿＿＿＿＿＿＿

E-Mail：＿＿＿＿＿＿＿＿＿＿＿＿＿＿＿＿＿＿＿＿

● 書名：法蘭琪的愛情剪貼簿

● 這本書是在哪裡買的?

a.實體書店 b.網路書店 c.量販店 d. __________

● 是如何知道或發現這本書的?

a.實體書店 b.網路書店 c.愛米粒臉書 d.朋友推薦 e.____________

● 為什麼會被這本書給吸引？

a.書名 b.作者 c.主題 d.封面設計 e.文案 f.書評 g.____________

● 對這本書有什麼感想？有什麼話要給作者或是給愛米粒？

- -

珍藏限量好禮，獻給追尋美麗的妳！

COUNTRY ALLEY 法國復古玫瑰馬克杯**5**名

FAVVI 復古唯美相簿**10**名
（共5款，各兩本）

只要寄回讀者回函卡就可以參加抽獎！

活動至2014年2月28日止。

＊本活動僅限台灣地區讀者參與（包含澎金馬）。
不處理海外寄送事宜。

我把我的打字機
安放在窗口邊，
把我的書擺在窗檽上。
然後把裸體素描釘在
我的床頭。

我在一臺手搖留聲機播放的
〈印第安愛的呼喚〉旋律，
和不知何處傳來的女人笑聲
中入睡。

VOG

McCALL'S

我向曼哈頓的每一家雜誌社求職，但他們似乎對我曾經擔任《法薩評論》助理編輯，或我得過愛迪生文學獎的資歷都不重視。

他們只問我會不會打字，法薩學位反而是個不利的條件，他們似乎認為法薩畢業的女孩高高在上，不應該屈就打字員的工作，而該實際試著編纂或撰述她自己的作品。

Collier's

Liberty

A Weekly for Everybody

Woman's

Compa

VANITY

《週六晚間郵報》

《時代週刊》的編輯說，假如我是耶魯大學畢業的（意思是假如我是男人），他就會試用我。他認為這是一種恭維。

《浮華世界》給我一個工作，讓我擔任他們的社會版記者，但他們後來得知我想要薪水時又把工作收回去了。看來，法薩女孩應該視免費工作為一種特權。

對失業人士
最友善的地點
是時代廣場旁的
「自動點餐快餐店」。
搜尋徵人廣告、
閱讀小說，
或者在這裡寫小說，
都不會遭到
女服務生的白眼。
可以從上午八點
一直坐到下午六點
都不會有人打擾——
跟上班一樣。
只要每隔幾個小時
花五分錢點一碗燕麥粥、
一個雞蛋沙拉三明治、
一小塊派（強力推薦
檸檬蛋白派），
以及再點一杯咖啡即可。

又見奧力佛·伍爾夫

有一天，就在我打開自動點餐機的玻璃門，
取出一個火腿起司三明治時，有個男人拍了拍我的肩膀。
是奧力佛，手上端著裝煎餅的托盤。
儘管穿著比較不邋遢的襯衫與領帶，他依舊像個淘氣的男孩。
假如是瑪麗·畢克馥主演的電影，
那麼這一幕就是失意的女主角遇到她的救命恩人／
真愛的場景。
Self-service
Copyright, 1922, Judge.

與奧力佛重逢的下午

他拉了張椅子跟我坐在同一桌。

「來考察貧民窟？」我說。

「不。我是出來吃午餐的友善勞工階級。」

「你找到工作了？做什麼？」

很難想像考究的伍爾夫家族會為了謀生
而做平凡的工作。

「一家雜誌社的撰稿人。」

「哪一家？」我以為柔弱的奧力佛
應該會找一個比我更輕鬆的工作才對。

「一本新的雜誌，還沒有取名，不過《浮華世界》
與《評審》雜誌的大作家都過來了。」

「他們會任用一個優秀的法薩畢業生嗎？」我問，
盡可能不顯露出絕望的語氣。

「當然……」他拉長了尾音，
「不過，還沒有人領薪水。」

「我恐怕得自己謀生。」

「我們應該找個時間一起去看場電影。」他說。

「我還以為你被禁止和我做朋友。」

「既然妳和雅蕾葛拉鬧翻，我就可以了。
再說，我搬出來了，現在很少見到她。
我在切爾西一家很小又破舊的旅館租了一個房間。」

「我說嘛，考察貧民窟。那她最近在忙些什麼？」
我幾乎不敢問。

「她要去哥倫比亞大學讀研究所。
她下決心要讓法薩學院把那位教寫作的教授解雇，
改聘用她。」

「妳不得不佩服雅蕾葛拉，她真懂得如何嫉恨別人。」

「這是你的第三塊蛋糕了。」我說。

「我小時候，家裡禁止我來這種地方，我的護士說這裡細菌太多。所以我現在要好好補償一下，這是我的精神科醫生說的。」

「我不知道勞工階級也看精神科醫生。」

「我有很多矛盾的地方。我還會偷東西，給妳一根湯匙。」

「謝了，我把它藏在包包裡。」

自動點餐機操作方式

首先，將五分硬幣置入投幣口

然後，轉動按鈕玻璃門喀一聲打開

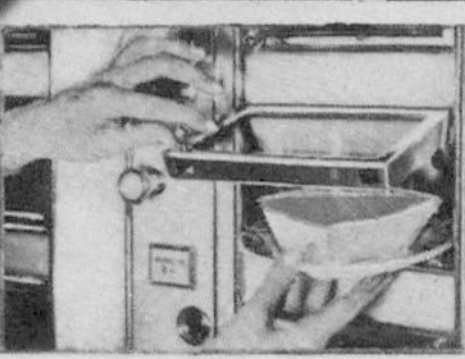

打開玻璃門取出食物

赫榮恩&哈達特 食品服務公司

PROPERTY OF HORN & HARDART CO.

「妳應該去這裡工作。」他說，指著一則徵人啟事。

「《真實故事》雜誌？」

「別瞧不起它，它是美國最暢銷的雜誌。週薪30元。想想那些感人的故事，都是寫小說最好的題材。」

「要不要一起去看電影？」

「好啊，有何不可？」

True Sto

真實故

真實比虛構
更離奇

全球銷路最廣的雜誌

我找到工作了!!

第二天，我去百老匯大道1926號的
麥費登出版集團求職，
希望能成為《真實故事》雜誌的
支薪撰稿員。

我將求職函
交給祕書，
等了一個鐘頭後，
她說：「麥費登先生
想見妳。」
大老闆想見我？

貝納爾·麥費登——著名的健康與健美文化先驅與出版業大亨。本人有數十本著作，內容從如何防止頭皮屑到性冷感，包羅萬象。

電梯將我載到頂樓的辦公室，裡面掛滿裱了框的封面，有《真實偵探雜誌》、《健美文化雜誌》、《真實浪漫雜誌》，和《電影雜誌》。

麥費登彷彿奧茲帝國的巫師，冷不防從後面的房間出現，身上穿著整潔的窗簾格子襯衫。（幸好他沒有像他在廣告中那樣展現他半裸的身材。）

「那麼，普瑞特小姐，妳覺得一個法薩學院畢業生憑什麼認為她能寫出真實人物的苦難故事？」

我的新老闆
貝納爾·麥費登

「我想我對痛苦有切身的體會，麥費登先生。我很小的時候父親就去世了，留下母親獨力撫養三個小孩。」

「我們刊載的大部分都是傷心的故事，妳又懂得多少傷心事？」

我想了一下——只要能得到這份工作，怎麼說都行。「我曾經愛上一個有婦之夫。」直接來自真實故事！

他看起來很滿意。「妳後悔嗎？」

「是的，先生，我感到遺憾。」

「好女孩，做錯事，痛苦而懺悔，這是我們的座右銘。妳被錄取了。」

他轉身從書架上的貝納爾·麥費登著作中抽出一本《女性與婚姻》，「這本書也許對妳有用，普瑞特小姐。有任何問題都可以來問我。」

貝納爾·麥費登
五十八歲近照，攝於本廣告之前

50,000.00 in Cash
for TRUE STORIES
Your Own Story May Be Your Fortune!

真實故事醜陋的一面

HE publishers of TRUE STORY Magazine ar
going to pay $50,000 to three hundred an
eleven men and women in amounts rangin
m $5,000 to $100 in exchange for true stories
hy not be among them?
Never was such an offer made
efore. Never before did men
nd women who are not profes-
onal writers have such a glorious
pportunity to turn their life
xperiences into handsome sums
of money.
Nearly every man and woman
has lived at least one story which,
because of its unassailable truth,
because it is actually a part of the
life, the sorrows, joys, experiences
of a fellow human being, has more
power for good, more power to
thrill and charm and hold the
reader than any fiction story ever
written.

RULES
TRUE ST

indefinitely upon
humanly possible to raise the quali
RY to an even high
desire and inte
d in order to g

隔天，我被帶到我的「辦公室」，
一個以毛玻璃隔開的小房間，
裡面有一張金屬桌，
地上有三個堆滿信件的紙箱。

這些都是參加《真實故事》徵文比賽的作品，最後獲選優勝的作品可以得到獎金5,000元，並刊登在雜誌上。

their souls for men they loved, an

我的工作是從這些信件中挑出最「扣人心弦」的文章，然後加以「改編」。

True Stor

Dear Mr. Macfa

This is my True

was 16 I was a very

good figure and a peppy personality but I was wild and didnt listen to anyone not not even my mother wich I regret because now she is dead.

A sereous boy who was in dentist school at State was intrested in me but I didnt give him the time of day. Instaid, I fell for an older man who sold Bucks. Now I am sorry.

遺憾的是，真實「不」比虛構更離奇，大部分信件都是千篇一律老掉牙的悔恨故事，好比寫這封信的女孩，她放棄了一個牙科學生而愛上了「別克」轎車的銷售員。

如何改編一篇「真實故事」

1. 把故事中的人物改成更能吸引人的職業（牙科學生改成醫學院學生，高中女生改成時裝模特兒，汽車銷售員改成爵士樂手）。
2. 增添戲劇性情節（樂手在地下酒吧與人爭吵後被殺，在現場宣告樂手死亡的主角如今是一位名醫）。
3. 以未必真實的圓滿結局收尾（醫生自始至終都愛著依然美麗動人的女主角）。

擺脫不了我的過去

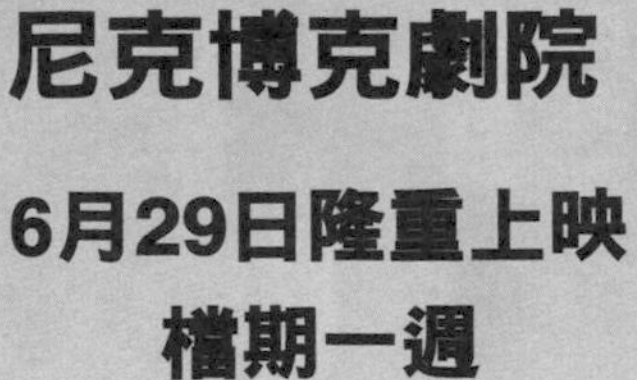

「沒有比尼克博克劇院
更涼快的地方」

我們去冷氣開放（看電影最棒的一件事）的尼克博克劇院看《I Want My Man》。

"I WANT MY MA

20¢
GLOBE TICKET COMPANY, PHILA.

a lonesome sweethe

我和
奧力佛
去看電影

D ROW
CENTER 113 SEAT
BALCONY
LYRIC THEATRE

MAUDE MARTIN ELLIS

Please
Mr. Cupid-
麗都劇院
節目表
CENTURY THEATRES
15
樂聲劇院 全球最大的劇院，有6200多個座位；配備最齊全的常駐交響樂團；由三位風琴手演奏巨型管風琴；有21口教堂銅鐘；常駐合唱團；常駐芭蕾舞團「樂聲舞團」有舞藝精湛的舞者；門廳與大廳寬敞壯觀，華麗無比；演出節目場面浩大。本劇院也上映品質最好的有聲電影，福斯有聲影片播映全球新聞。夏天開放冷氣，服務周到，環境舒適便利，是紐約市最著名的表演場所之一，觀眾從全球各地不遠千里而來。
ROXY THEATRE · NEW YORK CITY
影星瑪麗·艾絲特與約翰·巴里摩在麗都劇院上映的電影《花花公子》中享譽全球的劇照。
我們最愛的是新建的樂聲「電影院」。

和奧力佛一起做的事

is Statue of Liberty in New York Harbor.

在前往自由女神像的渡輪上
吃Popsicle冰棒。

在布朗克斯動物園
吃Baby Ruths
花生巧克力棒。

4460, B——紐約市立動物園的
河馬「彼得」

POPSICLE
PATENTED

（當然是伍爾夫家族
禁止吃的食物。）

CURTISS
Baby Ruth
America's Favorite Candy 5¢

DELMONICO
Pell Street.
CHINESE
SAVOY

在中國城
吃炒三鮮和蛋捲。

我們去洋基球場
看偉大的貝比魯斯。
他看起來一點也不像
世界頂尖的運動員——
身材肥胖、面色紅潤，
跑到一壘時氣喘吁吁。
當他終於擊出一支全壘打時，
我們卻在忙著買傑克玉米花！

奧力佛用
傑克玉米花盒內
附贈的獎品為我做了
一條手鍊。

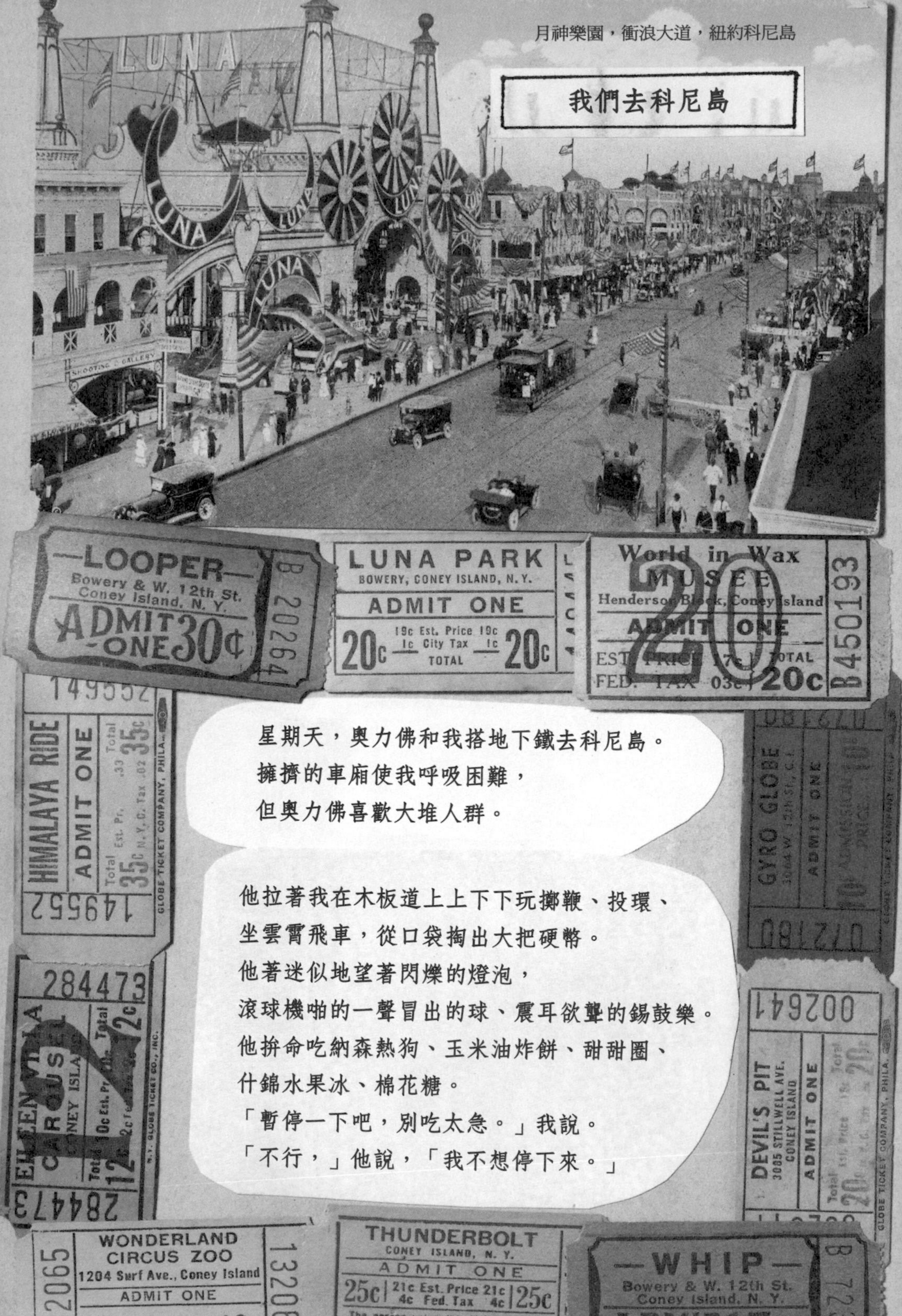

我們去科尼島

星期天，奧力佛和我搭地下鐵去科尼島。
擁擠的車廂使我呼吸困難，
但奧力佛喜歡大堆人群。

他拉著我在木板道上上下下玩擲鞭、投環、
坐雲霄飛車，從口袋掏出大把硬幣。
他著迷似地望著閃爍的燈泡，
滾球機啪的一聲冒出的球、震耳欲聾的錫鼓樂。
他拚命吃納森熱狗、玉米油炸餅、甜甜圈、
什錦水果冰、棉花糖。
「暫停一下吧，別吃太急。」我說。
「不行，」他說，「我不想停下來。」

布希曼澡堂
科尼島
保管箱出租
30
026336
注意：保留此票根以示憑證。浴巾交給房門。
N.Y. GLOBE TICKET CO., INC.
Greetings from CONEY ISLAND
熱狗！
法蘭克福香腸
&德國酸菜
越野障礙賽馬樂園
紐約 科尼島
奧力佛說，這裡比蠔灣（伍爾夫家族有一棟房子在那裡）好玩。
我懷疑。
我們做日光浴，玩遊戲，
我幫他挑選合適的女孩，
他幫我挑選合適的男孩。

我花了半數週薪在薩克斯百貨公司買了一雙銀藍色的舞鞋！

PRESSÉ

一種正式的探戈舞鞋，鞋面由淺藍、膚色、紫色、孔雀藍、綠色或黑色等多種顏色絲緞製成，法國手工刺繡，並綴以色彩柔和的緞帶。鞋跟與繫帶通常為銀色或金色。

奧力佛靈巧地引導我在地板上跳躍，教我用腳尖滴溜溜旋轉。我把臉頰貼在他的脖子上，總是聞到一股檀香皂的香味。

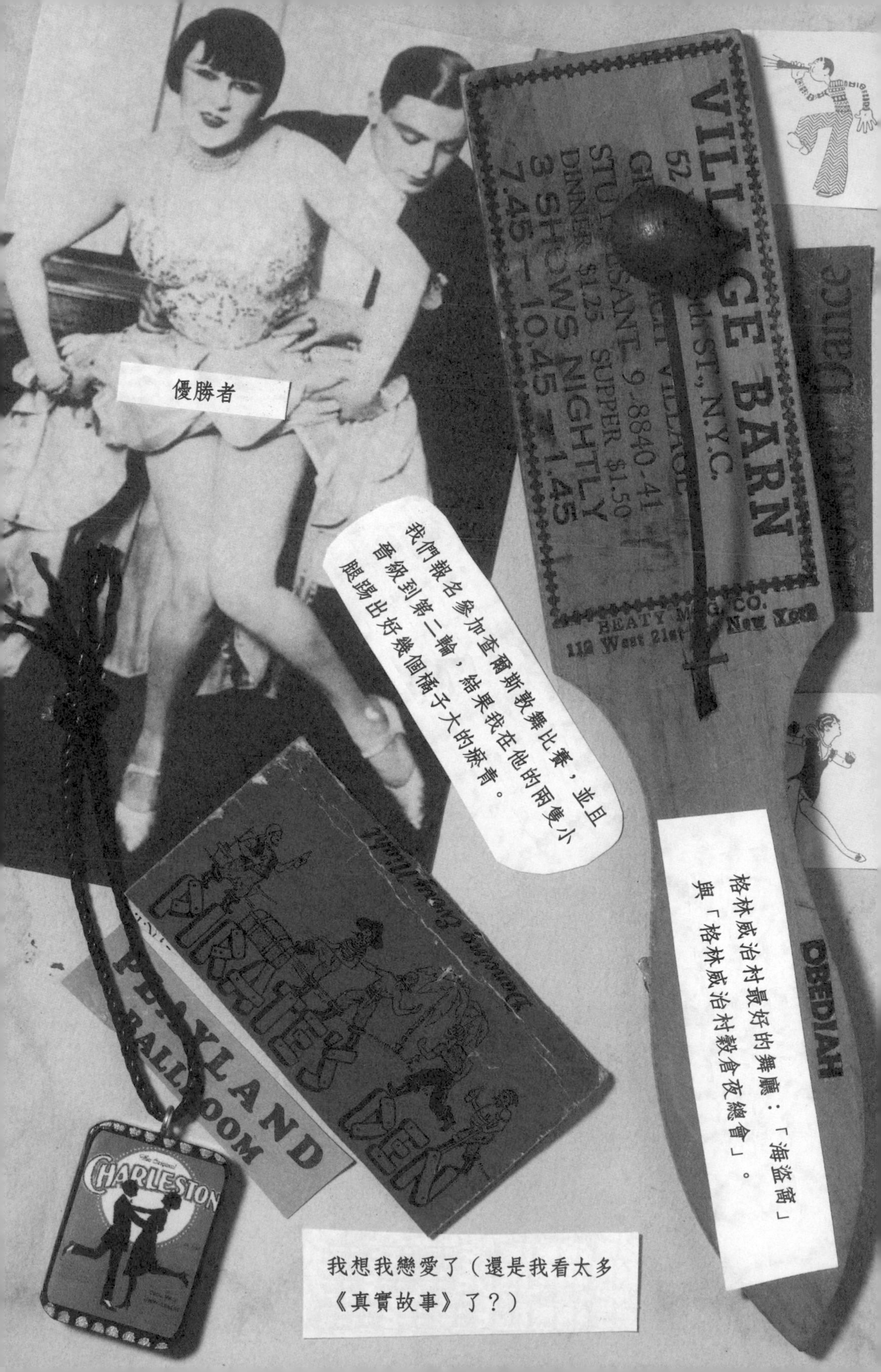

優勝者

我們報名參加查爾斯敦舞比賽，並且晉級到第二輪，結果我在他的兩隻小腿踢出好幾個桶子大的瘀青。

格林威治村最好的舞廳：「海盜窩」與「格林威治村穀倉夜總會」。

我想我戀愛了（還是我看太多《真實故事》了？）

奧力佛的新雜誌！

忙了幾個月，新雜誌創刊號（取了個自大的名稱《紐約客》）終於出現在報攤上。

聲勢之大
非同小可！

THE NEW YORKER

Price 15 cents

February 21, 1925

《紐約客》創辦人哈羅德·羅斯，一個身材瘦長、牙齒有縫的「天才」。

（他來自科羅拉多，
編過《星條旗》雜誌。）

UNCLE: *Poor girls, so few get their wages!*
FLAPPER: *So few get their sin, darn it!*

《紐約客》請求各界體恤它的創刊號，它知道它有缺點，也知道一本雜誌不可能在初發刊時便建立明確的特點。與此同時，它也對它的許多特色感到自豪，並衷心感謝來自各方的支持。

《紐約客》雖然一開始便嚴正宣告它的目標，但也附帶表明不會過度認真執行。它希望能反映大都會生活，持續追蹤社會現象與事件，要愉快、幽默、諷刺，但不流於譁眾取寵。

它將揭發事件幕後的真相，但不會為了醜聞而刨根究柢，也不會為了感人而濫情。它將本著良心報導讀者最感興趣的事。它已宣稱它不是為了杜比克市的老太太們而發行這本雜誌，換言之，它的發行宗旨不是以耍噱頭的方式來買賣明鏡與彩珠，以博取北美大草原區的強大購買力。

《紐約客》敬上

The New Yorker

為何創刊號乏味（依我淺見）：

1. 封面是英國的花花公子
2. 自我膨脹的發刊詞
3. 沒有彩色圖片
4. 沒有目錄
5. 沒有作者署名

GOINGS ON

羅斯先生直呼奧力佛為「伍爾夫」，而且只讓他撰寫「正在上演」的戲劇與藝術節目。大部分時候奧力佛都在幫他跑腿，去烈酒走私販者那裡幫他拿香菸與私酒。

我沒有告訴奧力佛我覺得《紐約客》不出一個月就會關門大吉。可憐的伍爾夫，他對它寄予無限希望！

波麗・皮巴迪從巴黎來信

Via S. S. Mauretania
Read the Truth
REPVBLIQVE FRANCAISE
PASTEUR
POSTAGE DUE
TEN CENTS
R 450

親愛的法蘭琪：

昨天我在菁英咖啡館（滯留海外的美國人最愛流連的咖啡館），一邊喝歐蕾咖啡一邊和巴爾札克的《高老頭》搏鬥（為了我在巴黎大學＄％＆＊的法國文學課）。

這時一個男人在我隔壁桌坐下，點了一杯白蘭地（雖然當時才上午十一點）。我猜他大約三十多歲，皮膚黝黑，長得非常英俊，卻有點比實際年齡蒼老的樣子。

「美國人嗎？」他問我。（為什麼老是有人看得出來？）

我們有一搭沒一搭聊著，感覺到他似乎有點無聊了，直到我說我剛從法薩學院畢業。

「妳該不會碰巧認識一個名叫法蘭琪·普瑞特的女孩吧？」他望著外面的人行道，一副輕描淡寫的樣子，但我看得出他是故意裝出來的。

「法蘭琪！她是我的好朋友。」我告訴他，妳是我們班上的明日之星，還得過文學獎。（那個神秘男說，他一點也不感到意外。）我還告訴他，妳目前住在格林威治村，幫一家雜誌社寫稿。

我問他想不想要妳的住址。

「不，我答應過不再跟她聯絡。」（這是什——麼——意——思？）「不過，下回妳寫信給她時，請告訴她詹姆士·平格利問候她。」

所以，就是這麼回事，我把訊息轉達給妳了。

哪天妳一定要把這個故事一字不漏地告訴我！

查德也在紐約，我叫他有空請妳吃飯……

愛妳的　波麗

Love,
Polly

詹米畢竟沒有忘記我。

但我忘了他嗎？

我的第一臺收音機
Radiola
高規格
外差式收音機
不需要天線——無需地線、無需插電——即可收到遠距頻率。將旋紐轉到想要的電臺刻度後，便可以收聽到聲音——清晰而真實！
完全以乾電池作業。
6支Radiotron VU-199真空管，外加Radiola喇叭及電池腳架，全部售價（電池除外）‥$269。
RCA
Radiola
REG. U.S. PAT. OFF.
RCA產品
我生日那天，奧力佛拎著一個大箱子氣喘吁吁地走進我房間。
我打開箱子，撥開鋪在頂上的細木屑。
是一臺Radiola收音機！
它的電力來自電池，而且是手提的。
重量只有39磅。
我們將選臺器轉到正在卡內基音樂廳實況轉播的帕德列夫斯基演奏的〈匈牙利狂想曲〉。聲音嘈雜而遙遠，彷彿從月球轉播。
有收音機的女孩最性感！

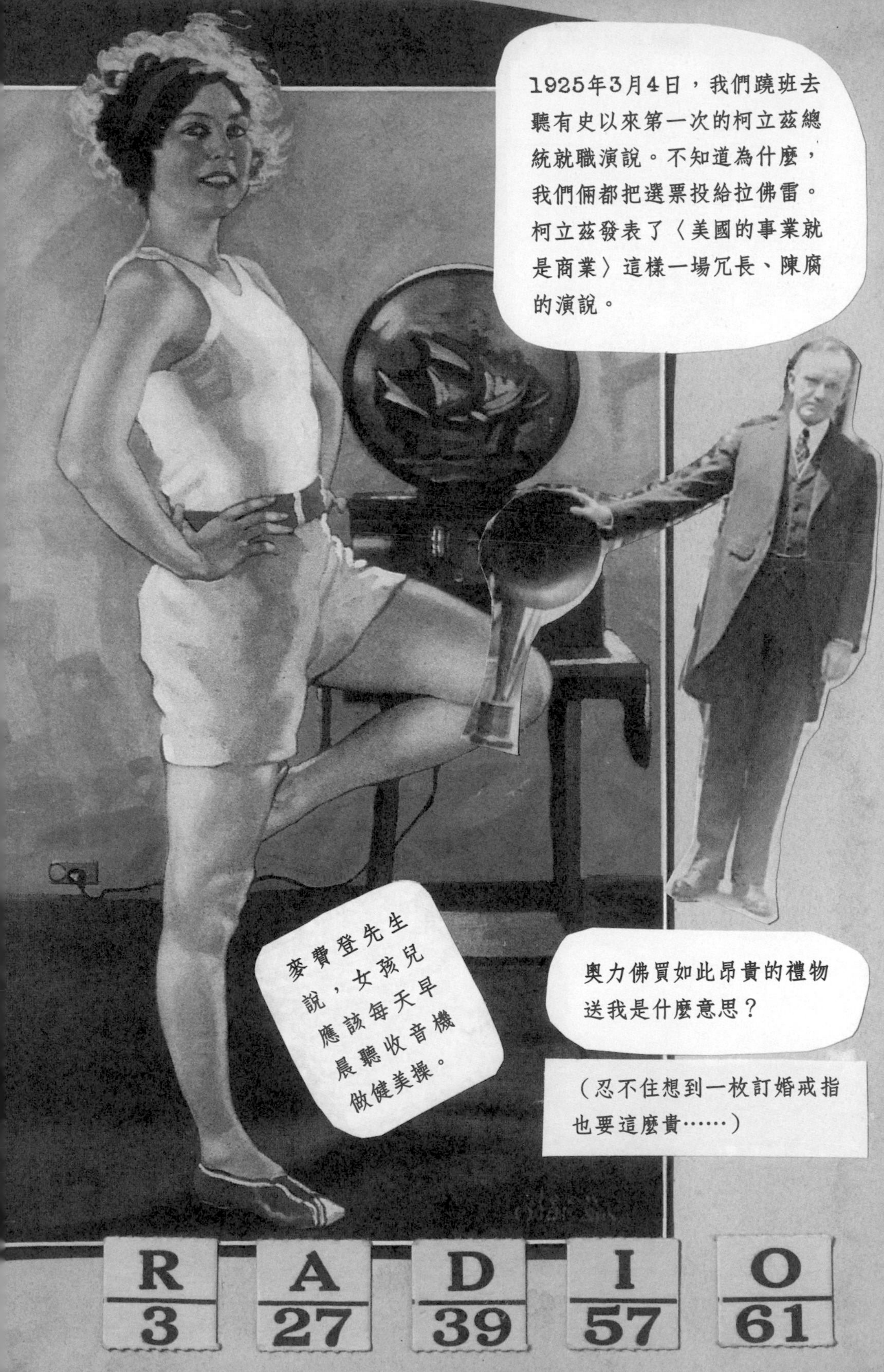
1925年3月4日，我們蹺班去聽有史以來第一次的柯立茲總統就職演說。不知道為什麼，我們倆都把選票投給拉佛雷。柯立茲發表了〈美國的事業就是商業〉這樣一場冗長、陳腐的演說。
麥費登先生說，女孩兒應該每天早晨聽收音機做健美操。
奧力佛買如此昂貴的禮物送我是什麼意思？
（忍不住想到一枚訂婚戒指也要這麼貴……）
R 3
A 27
D 39
I 57
O 61

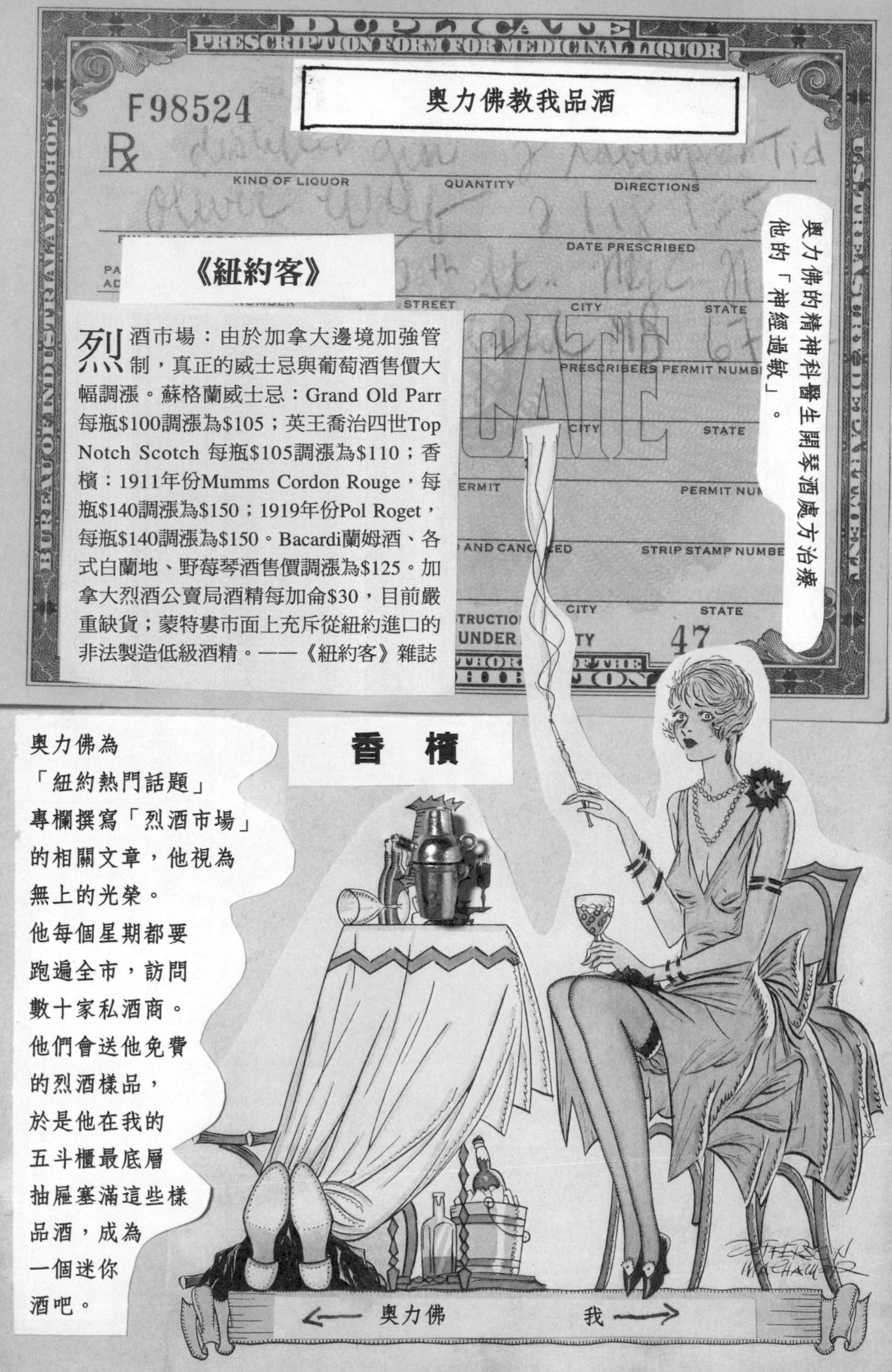

奧力佛教我品酒

奧力佛的精神科醫生開琴酒處方治療他的「神經過敏」。

《紐約客》

烈酒市場：由於加拿大邊境加強管制，真正的威士忌與葡萄酒售價大幅調漲。蘇格蘭威士忌：Grand Old Parr每瓶$100調漲為$105；英王喬治四世Top Notch Scotch 每瓶$105調漲為$110；香檳：1911年份Mumms Cordon Rouge，每瓶$140調漲為$150；1919年份Pol Roget，每瓶$140調漲為$150。Bacardi蘭姆酒、各式白蘭地、野莓琴酒售價調漲為$125。加拿大烈酒公賣局酒精每加侖$30，目前嚴重缺貨；蒙特婁市面上充斥從紐約進口的非法製造低級酒精。——《紐約客》雜誌

香　檳

奧力佛為「紐約熱門話題」專欄撰寫「烈酒市場」的相關文章，他視為無上的光榮。他每個星期都要跑遍全市，訪問數十家私酒商。他們會送他免費的烈酒樣品，於是他在我的五斗櫃最底層抽屜塞滿這些樣品酒，成為一個迷你酒吧。

ICE

SPARKLING • CRYSTAL CLEAR

FOR MARTINI COCKTAILS

奧力佛最喜歡喝的酒是「不甜的」馬丁尼或波旁酒加「冰塊」。（他將冰塊裝袋後放在逃生梯上用鐵鎚敲碎。）

SINCE 1875

HEUBLEIN

VERMOUTH

EXTRA DRY

DRY GIN

Blended Whiskey

ORANGE

Crush

琴酒對我而言唯一可以入喉的方式就是摻入橘子汁。奧力佛認為那是暴殄天物。

一杯馬丁尼下肚後，
奧力佛會變得非常浪漫。
他放上《藍色狂想曲》，
然後把我拉到他腿上坐。
他會用一根指尖輕滑我的臉頰，
然後深情地吻我，
吻到我天旋地轉。
「我愛妳，」他說，
「勝過世上任何人。」

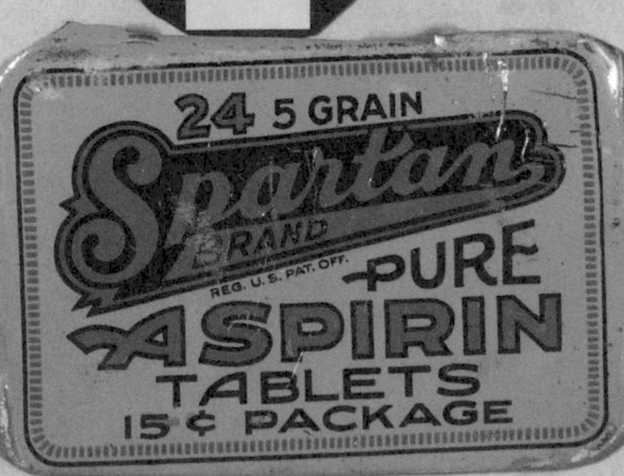

治療宿醉的方法：睡前以奎寧汽水吞兩顆「斯巴達」阿斯匹靈，隔天早餐前再以李施德霖漱口水吞兩顆。

「謝謝你。」我傻傻地說，
不知道他是不是真心的。

我戀愛了……
……但他愛我嗎？
一年多來，奧力佛
一直是我的男朋友。
我們幾乎
每天晚上一起去
看電影或跳舞。
之後，
他到我房裡，
我們一起聽收音機，
喝酒。
我們一直說話，
一直笑，一直接吻。
他一遍又一遍說：
我好愛妳。
有時我們躺在床上，
相擁著睡著了
（穿著衣服）。
我想，
結婚就像這樣吧。
（呃，差不多！）
身為女性主義者，我相信一個女人不
需要丈夫也能成就她自己。但，我仍
然希望奧力佛能向我求婚。（我們是
彼此的靈魂伴侶，不是嗎？）

《女性與婚姻》

作者　貝納爾．麥費登

〈千萬不能選錯終生伴侶！〉

作者　貝納爾．麥費登

回答下列問題，
確認妳的追求者
是否為合適的對象。

Ⅰ.評估男人是否合適

Y 他和妳一樣聰明嗎？
Y 他的肉體吸引妳嗎？
N 他的身材魁梧嗎？
N 他的心智健全嗎？
N 他有雄心壯志嗎？
N 他能養活妳嗎？
N 他會小器嗎？
N 他不酗酒？

Ⅱ.妳合適嗎？

Y 你們有共同的興趣嗎？
Y 妳喜歡他陪妳嗎？
Y 妳的肉體吸引他嗎？
Y 他會對妳百依百順嗎？
N 你們有共同的朋友嗎？

Ⅲ.你們有相同的價值觀嗎？

N 妳和他的家人相處融洽嗎？
N 你們有相同的宗教信仰嗎？
? 他認同婚姻嗎？
? 他想要孩子嗎？
? 他會是個好父親嗎？

6 #是

12＋他是個好對象！
8＋他是個合適的對象
7－他完全不合適！ !

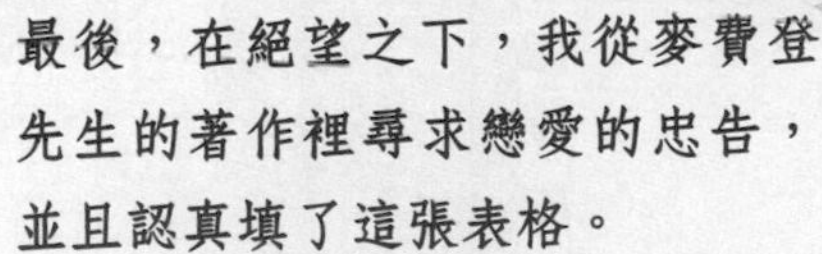

也許奧力佛是個
不折不扣的單身漢。

喔，天哪……

我們參加派對

BERGDORF GOODMAN
波道夫·古德曼百貨公司
紐約市第五大道616號

奧力佛的耶魯室友歐登·費雪邀請我們參加他的新居落成派對。新居座落於薩頓區一棟嶄新建築的頂樓，來賓須著正式服裝出席。

「我不能去，」我懊喪地說，「我沒衣服穿。」

第二天，奧力佛送來一個波道夫百貨公司的禮盒，盒內淺紫色包裝紙裡是一件最新流行的泛「酸色調」晚禮服。

我們看起來就像一對從「箭牌襯衫」廣告走出來的高傲情侶。

我用Neet除毛膏讓自己的皮膚看起來光滑細緻。

他敏銳的眼神瞥見她的腋下白皙美麗

奧力佛說，歐登的工作是將他家的財富
揮霍在「沒人明白的小玩意兒」上。
歐登的公寓是黑白色調，
由「室內裝潢設計師」埃爾希・
德・沃爾夫所設計。
來參加的女人看
起來都時髦卻乏
味，剎那間，我
的晚禮服似乎也
變得十分單調。
聲名狼藉的艾琳・麥凱與歐
文・柏林（比她老又離過婚
的猶太人）私奔，驚動了上
流社會。
我從鉻黃色的托盤上抓了一
杯「酸色調」的雞尾酒（這
裡沒有鮮搾橘子汁）。

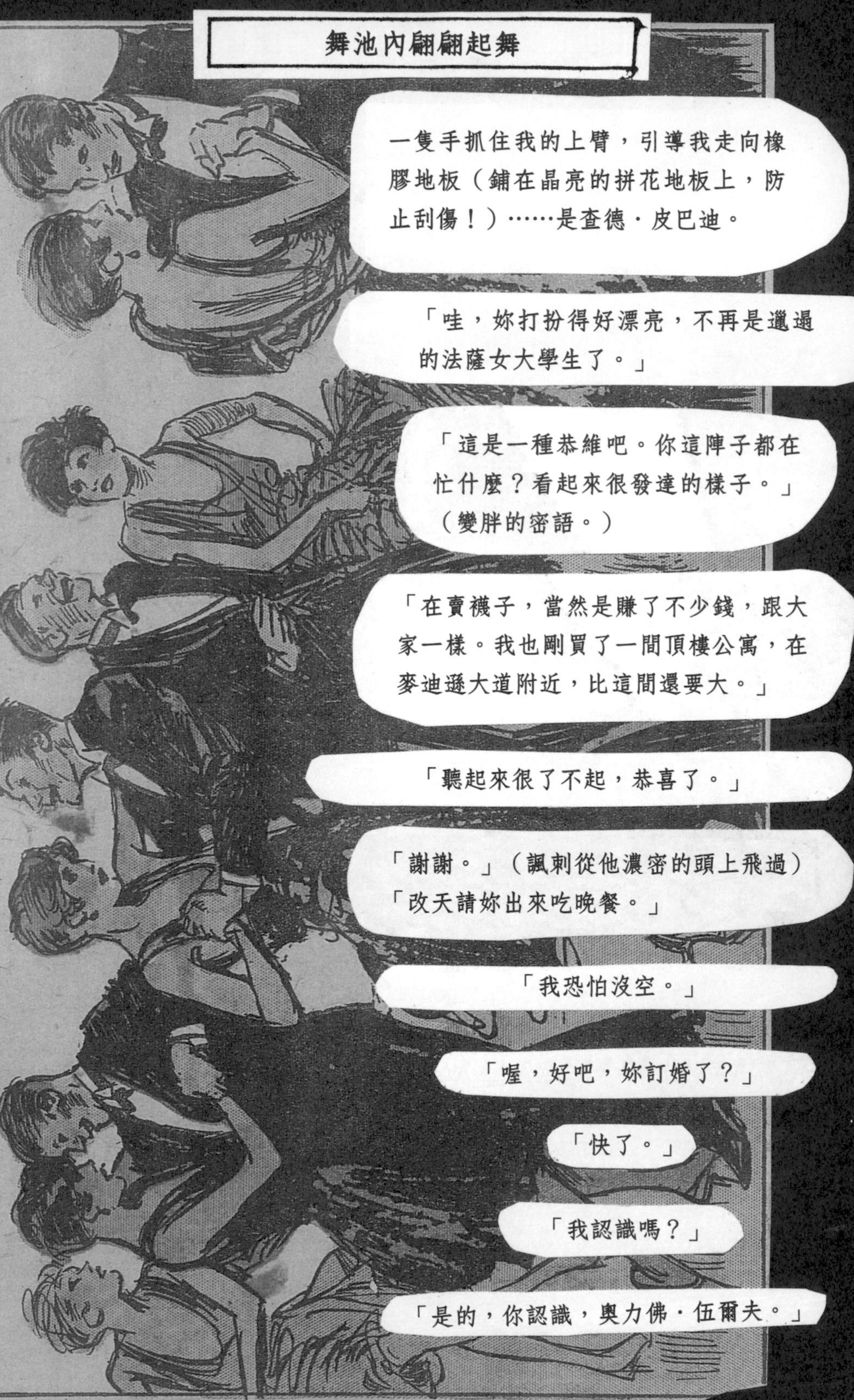
舞池內翩翩起舞
一隻手抓住我的上臂，引導我走向橡膠地板（鋪在晶亮的拼花地板上，防止刮傷！）……是查德．皮巴迪。
「哇，妳打扮得好漂亮，不再是邋遢的法薩女大學生了。」
「這是一種恭維吧。你這陣子都在忙什麼？看起來很發達的樣子。」（變胖的密語。）
「在賣襪子，當然是賺了不少錢，跟大家一樣。我也剛買了一間頂樓公寓，在麥迪遜大道附近，比這間還要大。」
「聽起來很了不起，恭喜了。」
「謝謝。」（諷刺從他濃密的頭上飛過）「改天請妳出來吃晚餐。」
「我恐怕沒空。」
「喔，好吧，妳訂婚了？」
「快了。」
「我認識嗎？」
「是的，你認識，奧力佛．伍爾夫。」

（表情有點困惑，頓了一下。）
「我很驚訝，他似乎和妳不同類型。」

「喔，真的？我是哪一種類型？」

（聳肩）「我不知道。也許我話太多了，
我需要再來一杯雞尾酒。」

「奧力佛去哪裡了？」我心想，
他不應該把我扔給查德·皮巴迪這種人。

我信步走過長長的走廊，每扇門都打開看看，
最後在餐具室內找到他。

他正在和

歐登·費雪

親嘴。

A two to one favorite

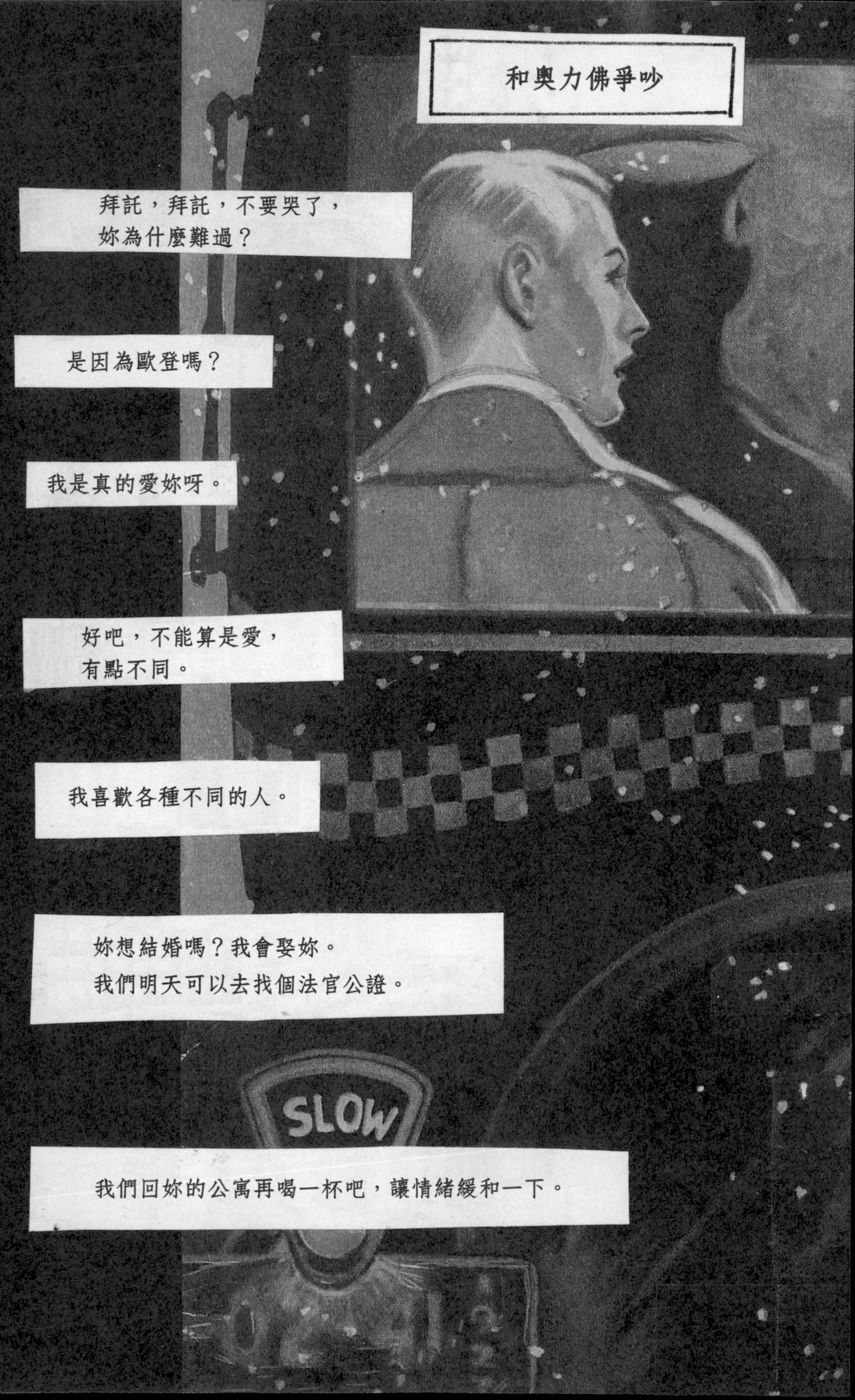

和奧力佛爭吵

拜託，拜託，不要哭了，
妳為什麼難過？

是因為歐登嗎？

我是真的愛妳呀。

好吧，不能算是愛，
有點不同。

我喜歡各種不同的人。

妳想結婚嗎？我會娶妳。
我們明天可以去找個法官公證。

我們回妳的公寓再喝一杯吧，讓情緒緩和一下。

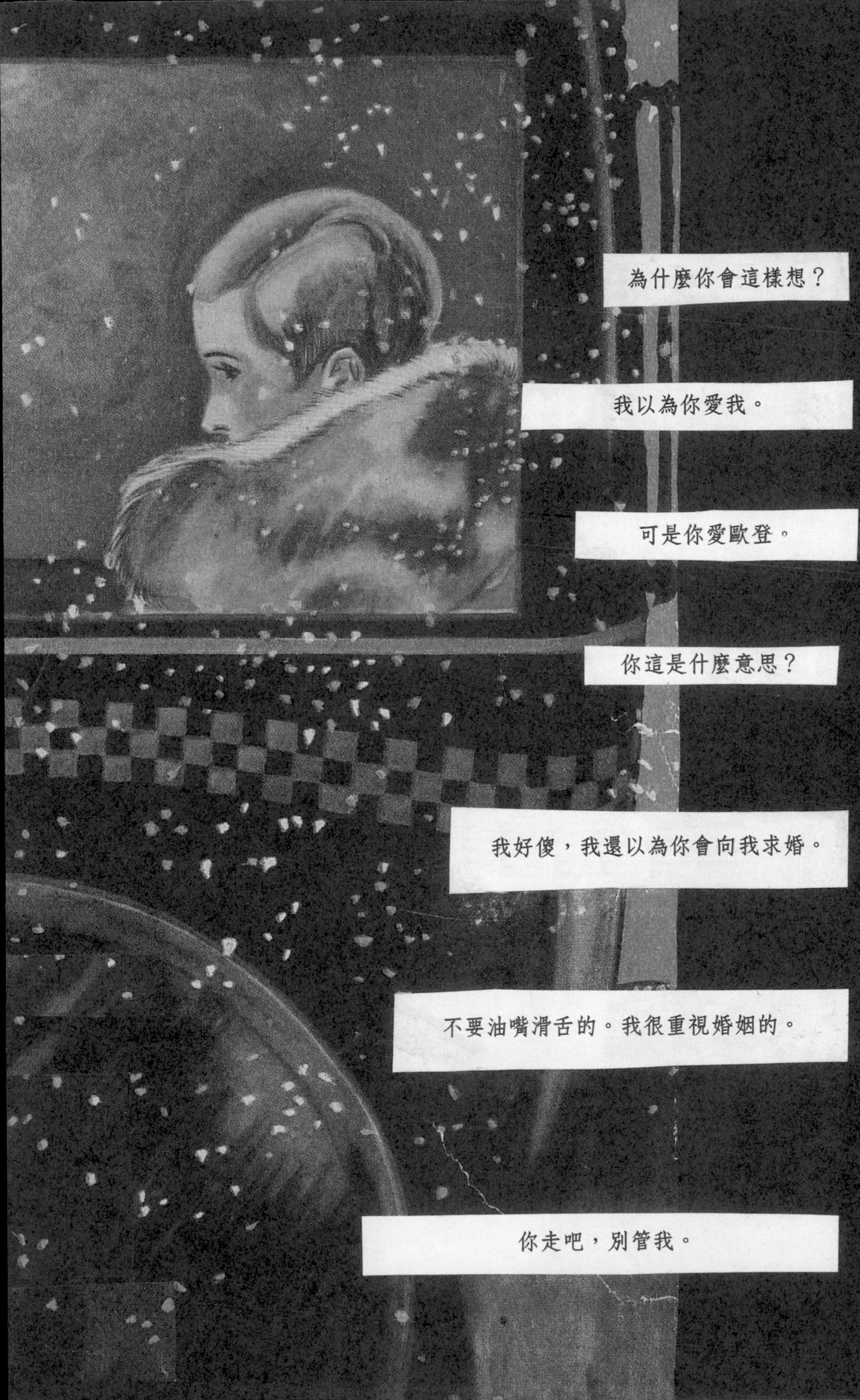

為什麼你會這樣想？

我以為你愛我。

可是你愛歐登。

你這是什麼意思？

我好傻，我還以為你會向我求婚。

不要油嘴滑舌的。我很重視婚姻的。

你走吧，別管我。

我面對現實
我躡蹣上樓回到房間，一頭倒在床上（身上依舊穿著晚禮服）。
我為什麼對奧力佛的反應感到震驚？
事實一直擺在眼前，我卻強制自己不要去看。
他和其他男人互換的眼神——在黑暗的戲院內、在地鐵上、在舞池、在海灘。
他不曾用那種眼神看我。

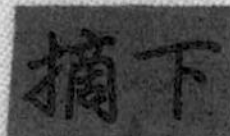

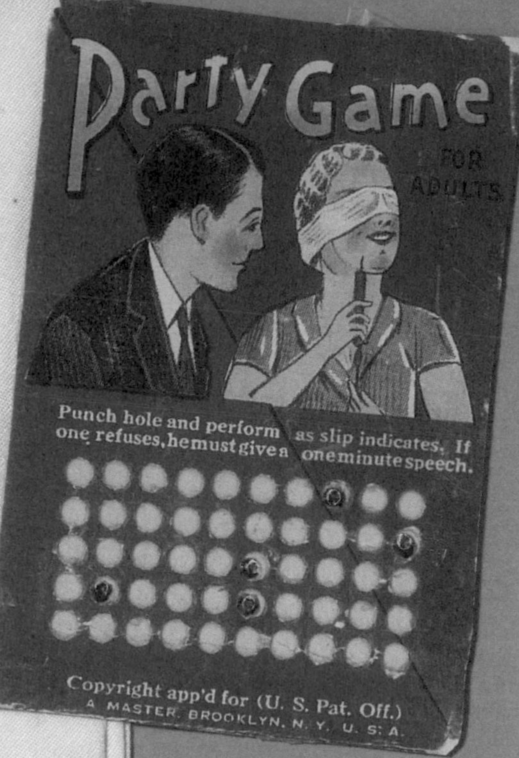

眼罩

的

時候

回答你的癡難雜症。

事　實

1.奧立佛是愛我的，但那是沒有激情的愛。（他喝醉時最多只會吻我！）

2.在我內心中，我和所有法薩女孩一樣，只想有戒指戴在手上。

3.我說我想成為作家，但截至目前我所做的只是改寫「真實故事」。

4.應該是我大幅度改變的時候了！

第二天，
我向麥費登先生遞出辭呈。

「喔，妳訂婚了。」
他說，一臉欣慰的樣子——
他的婚姻指導一定發揮功效了！

「沒有，」我說，「我要去巴黎。」然後不等他問「妳去那裡做什麼？」或「妳要如何養活自己？」這類我回答不出的問題之前離開。

當我告訴奧力佛我要去巴黎時，
他顯然鬆了一口氣，不再假裝了。

CUNARD means EXCELLENCE

庫納德郵輪公司

歐洲航線暨票價目錄

世界最快的豪華郵輪

安谷塔尼亞號　貝倫嘉莉亞號　茅利塔尼亞號

每週自紐約啟程前往瑟堡與南安普頓

頭等艙255元起　二等艙147.50元起　三等艙90元起

我從銀行存款帳戶領出 567.93元，
買了一張庫納德船運公司最大的郵輪
「茅利塔尼亞號」的三等艙單程船票前往法國。

CUNARD
and ANCHOR Lines
25 Broadway　New York
or Branches and Agencies

然後揮別紐約市與奧力佛。

第 4 章
MAURETANIA
CUNARD
LINE
大西洋
1926年1月

我的船艙

庫納德郵輪

我的三等艙位於引擎室的正下方，震動得很厲害，還有一股濃濃的柴油味。艙內的陳設像迷你娃娃屋一應俱全，有洗臉槽、睡鋪和舷窗（不能打開，因為太接近水面）。睡鋪旁有一片布簾，拉攏後可以將自己與同艙的室友隔開（這是廉價船票所需付出的代價！）。

客艙行李牌

1288 C.R.霍夫曼，南安普敦　庫納德白星郵輪「茅利塔尼亞號」三等艙　34,000公噸

我的同艙室友，羅蘭・魯特
來自印第安納州曼西市的三十七歲家政系教師。
她身高將近六呎，戴角質框架眼鏡，「幸運」牌香菸菸不離口。
羅蘭這樣自我介紹：
「我是個老處女探險家。」
HOLMGRENS
她利用一年的年假「趁早」出來看看這個世界。她用原本是為了自己的嫁妝所存的錢。（「我想大概用不到了。」她說。）
她的衣箱大而精緻（裡面有許多小隔間），掛滿手工縫綴的亮珠雪紡晚禮服、繡花亞麻套裝、領口與袖口鑲上貂皮的深綠色外套，全都是她自己從《Vogue》雜誌上複製「香奈兒」圖樣後親手縫製的。

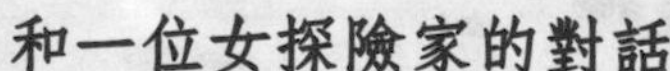

和一位女探險家的對話

「我看得出我們會成為談得來的室友。」羅蘭說著，踢掉腳上的麂皮露跟高跟鞋，點起一根「幸運」牌香菸。「妳有男朋友嗎？」

「有一個，在紐約，至少我一直認為他是我的男朋友，後來才發現，他喜歡他的大學室友更甚於喜歡我。我希望妳聽了不會感到震驚。」

「喔，當然不會。哈維洛克·艾利斯說有些人天生就是同性戀。動物也有，妳不應該嘗試改變他們。」

羅蘭的思想顯然比我猜想的更先進。（看來她應該可以教我一些東西。）

「還有其他可能的戀愛對象嗎？」她繼續追問。她怎麼看得出來還有？

「沒有。」我撒謊。事實上，我暗中期待能在「菁英咖啡館」與詹米不期而遇。「妳打算在巴黎做什麼？」

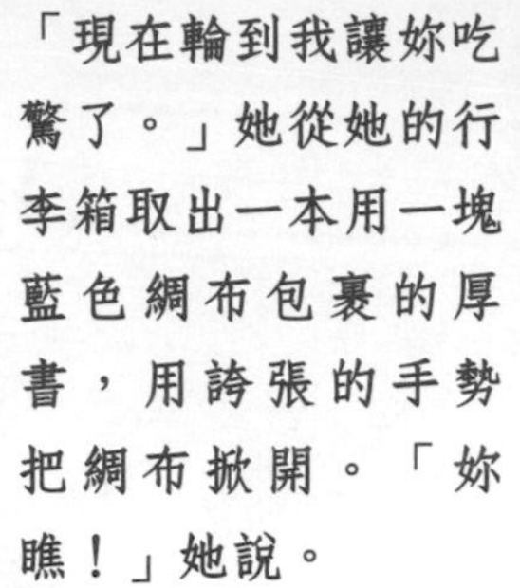

那是一本詹姆斯·喬伊斯所著的《尤里西斯》，一本飽受批評的禁書！在紐約人人都在談論它，但我從未一睹它的廬山真面目。

「喬伊斯先生住在巴黎，我已寫信給他，他答應為我的書簽名。妳讀過沒？」她說。

「還沒有。」我坦承。
連奧力佛都說它艱澀難懂。

「妳一定要讀。」她將《尤里西斯》放在我手上，「天才之作！」

尤里西斯

庫納德郵輪

和一群人擠在一起用餐

三　等　客　艙

- -　午餐菜單　- -

窮人清湯　　大麥湯

香煎鰈魚

燉牛尾

蕪菁泥　　馬鈴薯泥

冷盤

波隆那臘腸

這是卑微的三等艙菜單。聽說頭等艙吃的是豐膳美饌——生蠔、威靈頓牛肉，甜點是火燒阿拉斯加雪山。

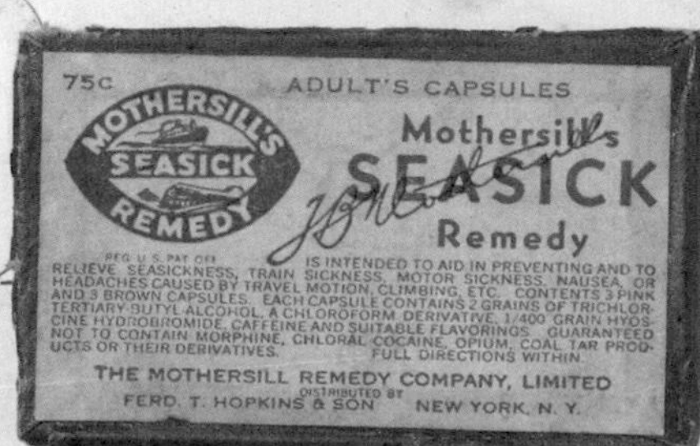

咖啡　起司

三等艙的旅客幾乎都在暈船（羅蘭和我除外，我們是活力充沛的開拓者）。是食物或氣味所致？

NEW YORK

我們與白俄羅斯人打成一片

和我們同船的旅客有大學生、不修邊幅的藝術家，和時運不濟的流亡人士。

我們和俄羅斯貴族坐在一起！葛瑞格與亞歷克西・沃康斯基王子於1919年逃離布爾希維克黨的統治。他們雖然才三十二歲和二十九歲，但外表卻顯得老成很多。他們的晚宴外套上有蟲蛀的破洞，而且他們還把小餐包偷偷藏進口袋。

羅蘭是唯一不厭其煩盛裝打扮用餐的人。

風光時代的亞歷克西王子。

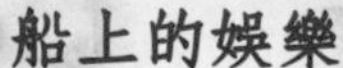

飯後，羅蘭帶我們去交誼廳「玩牌」。
兩位王子似乎喜歡我們，
也跟著我們一起活動。

羅蘭與亞歷克西王子加入一場高賭注的橋牌比賽，和兩名康乃爾大學生激戰。

結果羅蘭是橋牌高手，王子也是。兩人在笑聲與破法語（羅蘭）和破英語（王子）聲中，從兩位大學生手中贏走55元！

羅蘭拿到一手大滿貫牌。

RY" WOOD JIG-SAW PUZZLE

unard White Star Liner "MAURETANIA"

與葛瑞格王子小談（法語）

葛瑞格和我一起玩拼圖。因為他不會說英語，我們只好以法語結結巴巴地交談。

他說羅蘭是「美國女繼承人」。

「你為什麼認為她是『女繼承人』？」我問。

「她說她的父親是一位葡萄酒批發商，不是嗎？」

原來羅蘭說她父親是「肉商」，是指她的父親在A&P連鎖商店內販賣肉品，但葛瑞格王子以為她來自像Armours或Swifts那種富甲一方的肉品包裝商。

「如果是女繼承人，為何搭乘三等艙？」我問。

「喔，這個嘛，妳們美國婦女都特別地『特立獨行』。」

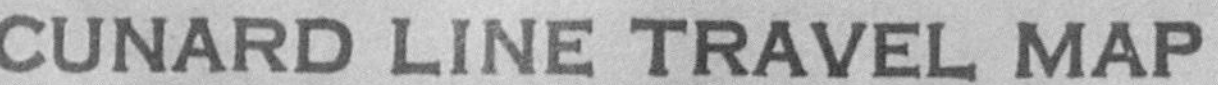

我寫信給奧力佛。他也許不是我夢中的愛人，但他依舊是我最親密的知己。

Cunard White Star

R·M·S "Mauretania"

親愛的奧力佛：

我此刻窩在我的小客艙內打這封信給你。我不敢去交誼廳，因為有個落難的俄羅斯王子在瘋狂追求我，他不但掉了幾顆牙，走起路來還一瘸一瘸的，彷彿裝了一根木腿。他的弟弟（比他體面多了）也在追求我的同艙室友羅蘭（他誤以為她非常富有）。

你知道嗎，我已經找到在巴黎的住處了！詹姆斯·喬伊斯的出版商（同時經營一家叫「莎士比亞書店」的書店）提供書店樓上的一個房間出租給羅蘭，我也可以住在那裡。所以我將在令人心跳不已的塞納河左岸落腳了。請靜待後續消息。

談到詹姆斯·喬伊斯，我在海上的大部分時間都裹著毛毯，坐在甲板上的椅子努力閱讀《尤里西斯》（王子肺部不好，不敢吹大西洋海風）。不過我多半跳著看精采的部分，利奧波德·布盧姆上廁所、逛妓院、在海灘上偷看少女的內褲等等。我不確定我是否喜歡如此誇張的「文學」，但我至少可以說我讀過（大部分）《尤里西斯》了。

很想念你！　給你一個抱抱！

F.

「我用我的雙眼再一次要求他，再一次說我要，然後他問我，我山上的小花，妳要不要。我先是用雙手擁抱他，是的我要，然後把他拉下來，讓他嗅我擦了香水的胸脯。他的心跳加速，於是我說是的，我要，我要。

萬歲！
结束了！

我們在船上的最後一個晚上舉行了化妝舞會。侍者說舞會的餐點與香檳將「媲美頭等艙」！

羅蘭花了一整天做了一件看起來像麻將牌的服裝（從《婦女家庭》雜誌參考樣式）。

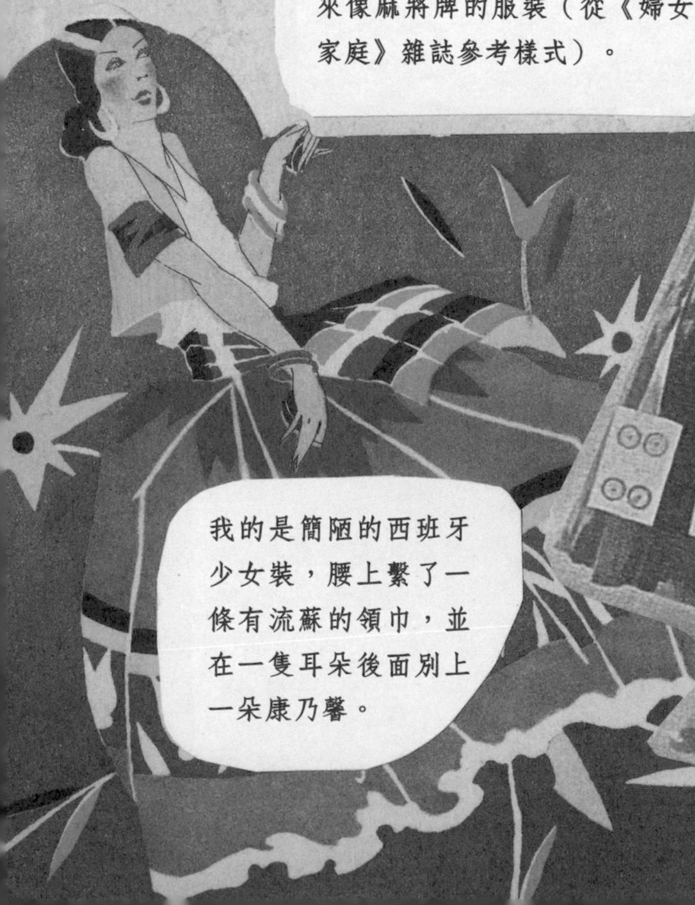

我的是簡陋的西班牙少女裝，腰上繫了一條有流蘇的領巾，並在一隻耳朵後面別上一朵康乃馨。

亞歷克西打了白領結，身穿燕尾服，（聖彼得堡的昔日美好時光遺留下來的？）親吻羅蘭的手，溫文爾雅地宣布：「每一支舞都是我的。」羅蘭一臉心醉神迷的模樣。

我沒看見葛瑞格王子的蹤影（謝天謝地），總不能和一條木腿跳舞吧，我心想。

我和兩位康乃爾大學生玩在一起，他們用報紙摺成帽子戴在頭上。泰迪和華利以前也摺過這樣的紙帽。

一整個晚上，我不時瞥見亞歷克西與羅蘭——他為她點菸、為她拉椅子、挽著她的手臂走進舞池。他是真的騎士風範還是做作？

羅蘭把我從睡夢中搖醒。

「亞歷克西向我求婚了。」她小聲說。

我坐起來。曙光從舷窗透進來。「妳怎麼說？」

「我當然說好！亞歷克西要請船長在我們上岸以前為我們主持婚禮。」她已摘下眼鏡，五官看起來細緻多了。

「為什麼要這麼匆忙？」

她笑了。「我已經三十七歲了，不會再有第二個機會了。」

「妳確定這樣子好嗎？」我問。

「法蘭琪，」她握著我的手說，「我知道亞歷克西誤以為我是美國富婆，不過我會成為他的好妻子，我們會有美滿的婚姻，相信我。」

第二天，整艘郵輪都為這位俄羅斯王子與老處女教師童話似的愛情故事而瘋狂。

頭等艙一位已離婚的婦女捐贈她的結婚戒指；一位新婚的新娘出借她的結婚面紗。

我的禮物是胸花。我還是榮譽伴娘，葛瑞格是伴郎。

亞歷克西和羅蘭在「茅利塔尼亞號」駛進瑟堡的前一個鐘頭由船長證婚成為夫妻。

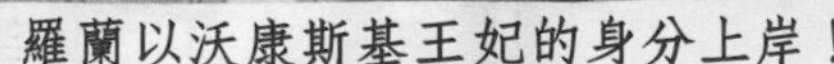

羅蘭把她那本《尤里西斯》和喬伊斯出版商的信交給我，「從現在起是妳自己的冒險了。」她說。

PARIS

第 5 章

巴黎

1926 - 1927

我抵達巴黎
從瑟堡來的火車把我（和我那兩個坑坑凹凹的行李箱）扔在聖雷札火車站。
我察看喬伊斯的出版商——席薇雅．畢奇小姐那封信上的地址。
我坐上一輛玩具車似的計程車，車上的座椅是帆布的，像海灘椅「歐德翁街十二號。」
艾菲爾鐵塔！
飛扶壁
碼頭
塞納河
巴黎的第一印象：
塞　納　河　上　的

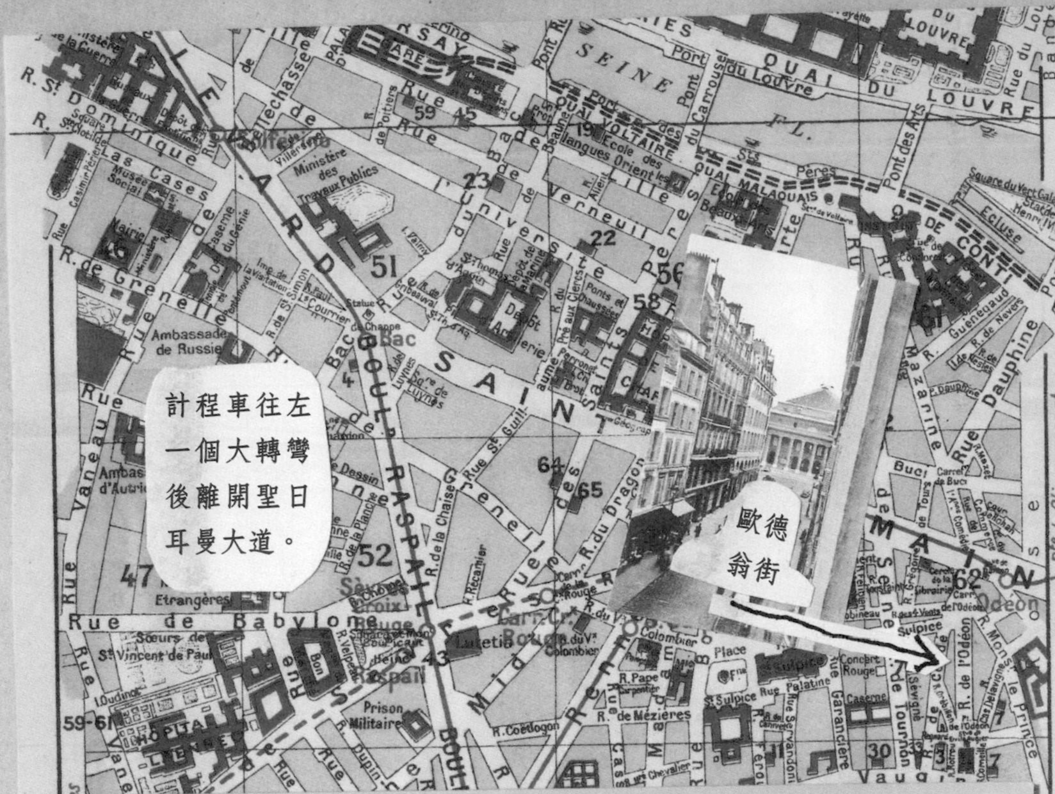

計程車往左一個大轉彎後離開聖日耳曼大道。

歐德翁街

八 橋 全 景

「莎士比亞書店」
（詹姆斯·喬伊斯聞名遐邇的出版商）……

……結果是一家簡陋的英文書店兼圖書館。書店窗口堆滿覆蓋灰塵的圖書。

狹窄的街道颳來一陣寒冷的疾風。

開門時會發出鈴鐺的聲響。

我拖著行李進入書店時，一名身穿整齊花呢套裝與牛津鞋的婦女看我一眼。

「畢奇小姐嗎？」我問。

我辦了一張借書證。

席薇雅的書店是每個滯留巴黎的文人雅士匯聚的地方。

「我幫他們保存郵件，借錢給他們，把他們的照片釘在我的牆上。」她說。

我的小閣樓

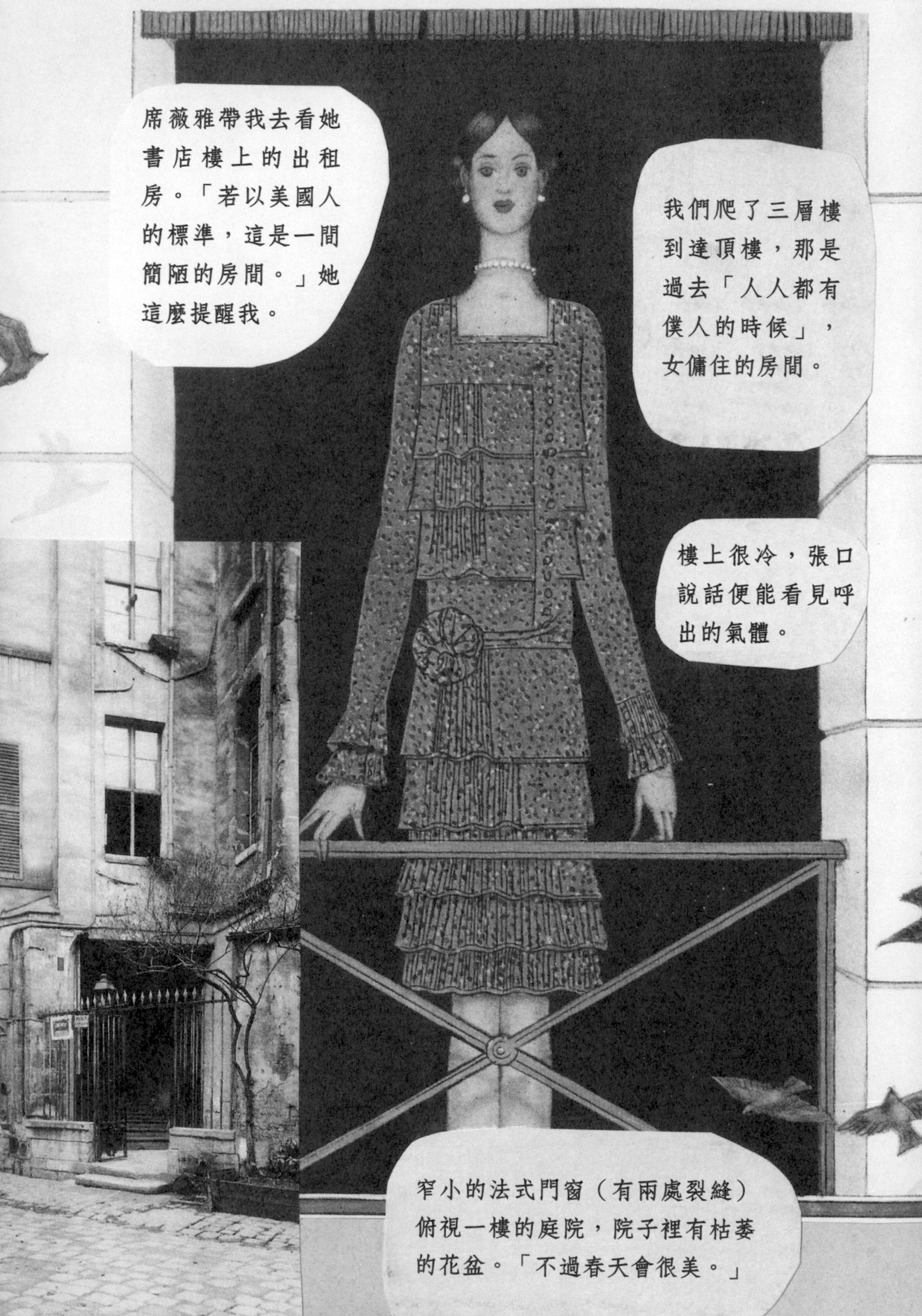
席薇雅帶我去看她書店樓上的出租房。「若以美國人的標準，這是一間簡陋的房間。」她這麼提醒我。
我們爬了三層樓到達頂樓，那是過去「人人都有僕人的時候」，女傭住的房間。
樓上很冷，張口說話便能看見呼出的氣體。
窄小的法式門窗（有兩處裂縫）俯視一樓的庭院，院子裡有枯萎的花盆。「不過春天會很美。」

小小的煤爐可以煮一壺茶，
除此之外「沒什麼大用」。

室內的家具看起來彷彿是
巴爾札克小說中的小資產
階級家庭丟棄的物品。

SAVON
SHYB

水槽裝在走廊上，廁所在樓下。這裡沒有浴缸，但席薇雅說：「妳很快便能適應不用浴缸洗澡。」

一個名叫昂泰爾的前衛作曲家住在我的樓下。「他正在為飛機螺旋槳和自動演奏鋼琴創作一首交響曲，所以可能會有點吵。」

藍皮旅遊指南

我帶著我的《藍皮旅遊指南》，
出發尋訪巴黎勝景。

繆爾赫德
巴黎
及郊區

ROPOLIT
s de
pondances
construction
hemins de fer

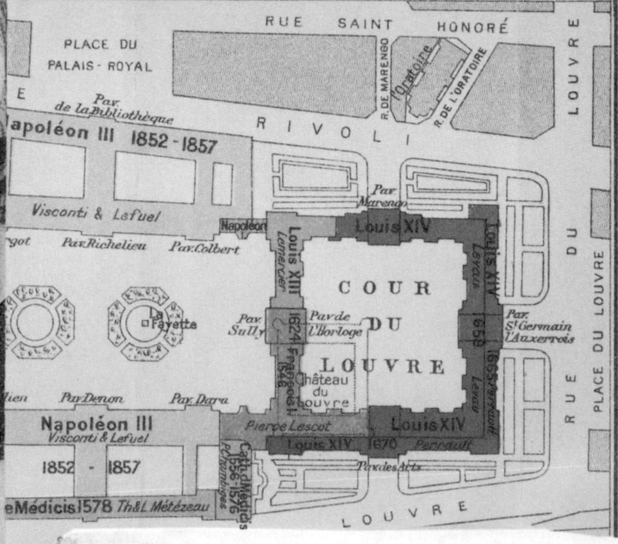

《藍皮旅遊指南》用了整整八十頁介紹羅浮宮的大師名作，但我在參觀完古代陶器的第二陳列室後便投降了。（一共有七間陳列室！）

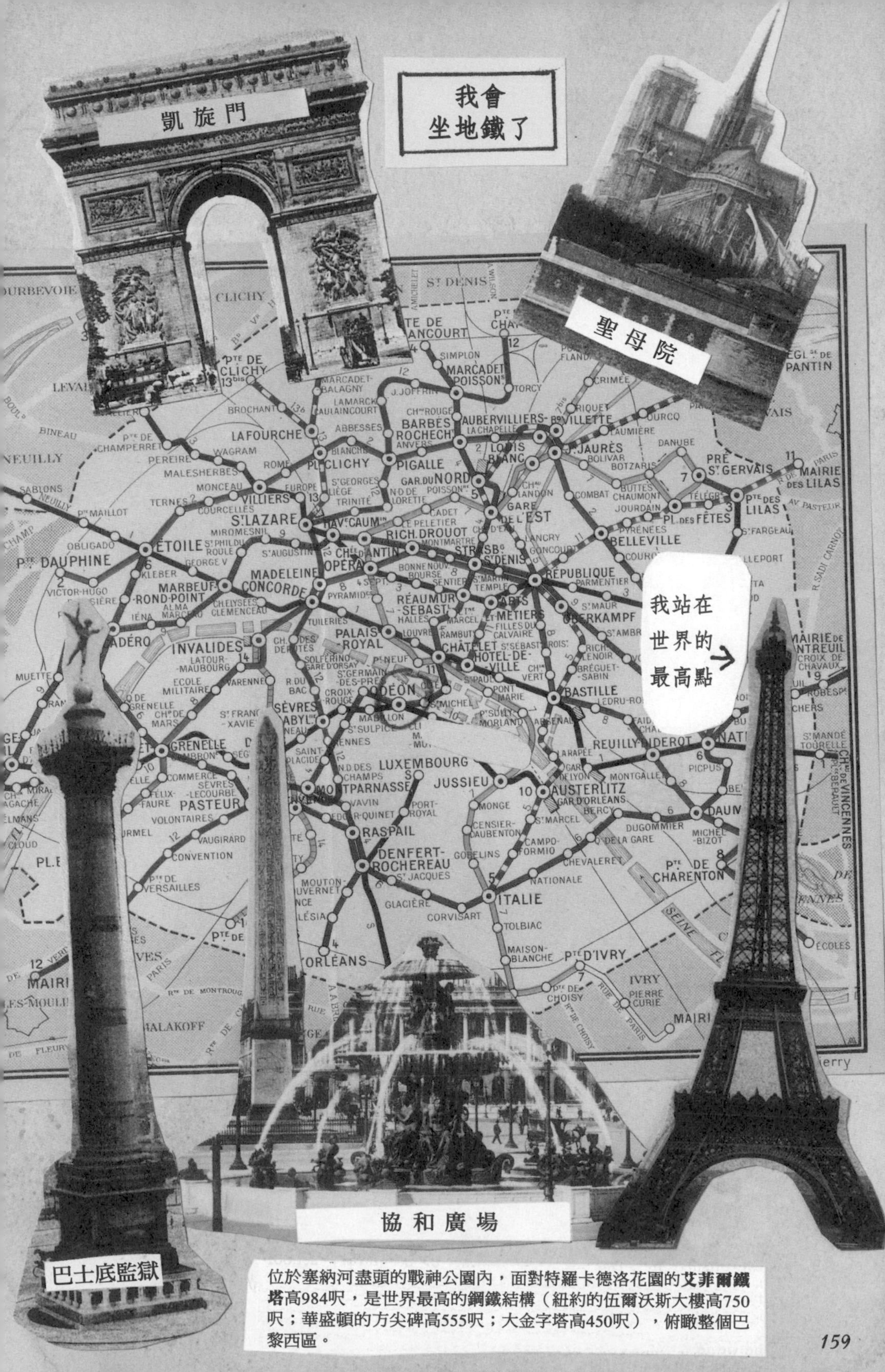

位於塞納河盡頭的戰神公園內，面對特羅卡德洛花園的**艾菲爾鐵塔**高984呎，是世界最高的鋼鐵結構（紐約的伍爾沃斯大樓高750呎；華盛頓的方尖碑高555呎；大金字塔高450呎），俯瞰整個巴黎西區。

正在（1）下雨（2）下雪（3）結冰
Il [1]pleut [2]neige [3]gèle.

這裡就是……嗎？
Est-ce l'arrêt de . . . ?

需要買門票嗎？
L'entrée est-elle payante ?

我（很）（1）餓（2）渴
J'ai (très) [1]faim [2]soif

我聽不懂。
Je ne comprends presque rien.

當心扒手。
prenez garde aux pickpockets

太貴了。
C'est trop cher.

我的法薩法語在這裡派不上用場，因此一本觀光客的常用語手冊十分便利。

EXPRESS
it in
FRENCH

我找到一本介紹「真實」巴黎的旅遊指南（妓院、酒吧、舞廳、脫衣秀……），比《藍皮旅遊指南》有趣多了。

在艾菲爾鐵塔商店買的紀念品。

《揭開蓋子看巴黎》建議遊客不要忙著看風景，先去蒙帕納斯找一家咖啡館坐下來看街頭秀。我選擇了「菁英咖啡館」，就是波麗二年前和詹米聊天的地方。
AMERICAN BAR
SELECT
RICAN BA
大約每隔二個鐘頭我會點一杯咖啡、一碗洋蔥湯，或一杯葡萄酒，一整天下來只花了八法郎！
BON POUR 1 FRANC
服務生
garçon
請給我……
Donnez-moi, s.v.p. .
一杯拿鐵
café au lait
一杯葡萄酒
un verre de vin
一杯檸檬汁
une limonade
再一杯……
encore . . .

《揭開蓋子看巴黎》

菁英咖啡館

位於拉斯拜爾大道與蒙帕納斯大道交口附近。對巴黎的拉丁區而言，置身這裡就像置身紐約一樣，每天都會有許多人固定來報到、喝點東西，「說長論短」（在這裡，你可以聽到許多**流言蜚語**）。門前有許多露天桌椅，屋內有巨大的吧檯。你可以在這裡看到所有的狂人與怪胎，樸素的、花俏的；破產的、富裕的；邋遢的、時髦的；眼神呆滯的、含情脈脈的；長髮的、圓禿的；蓄范戴克式鬍鬚的臉和蒼白的臉；高雅的、墮落的；女性化的男人和男性化的女人；形形色色、應有盡有。無論是咖啡館外、館內，你都可以看到各種不同的型男型女。

再來第二杯、第三杯……
encore deux, trois, etc. . . .

巴黎風格
大膽的幾何造型短髮
醒目的幾何圖案披肩
只裝得下一條口紅和
兩支香菸的嬌小手拿包

巴黎婦女熱愛非洲風
長菸嘴，拿在手上像揮動一把劍
無邊便帽
「部落風」飾品
帽子、外套、皮包、鞋子，都蒙上一層蜥蜴皮

找工作：巴黎編輯

The Chicago Tribune AND THE DAILY NEWS NEW YORK

EUROPE'S AMERICAN NEWSPAPER

LA SEMAINE A PARIS

Features of the week in Paris

席薇雅說找編輯工作最好的方法是在所有英文報紙上刊登求職廣告。

ENGLISH EDIT

我的求職廣告

文字編輯兼校對人員：法薩學院畢業，曾任職紐約知名雜誌社。聯絡人：法蘭西絲．普瑞特。巴黎第六區歐德翁街12號莎士比亞書店代轉。

YNDICAT d'INITIATIVI

4, rue Volney (2e) — Louvre 08-90

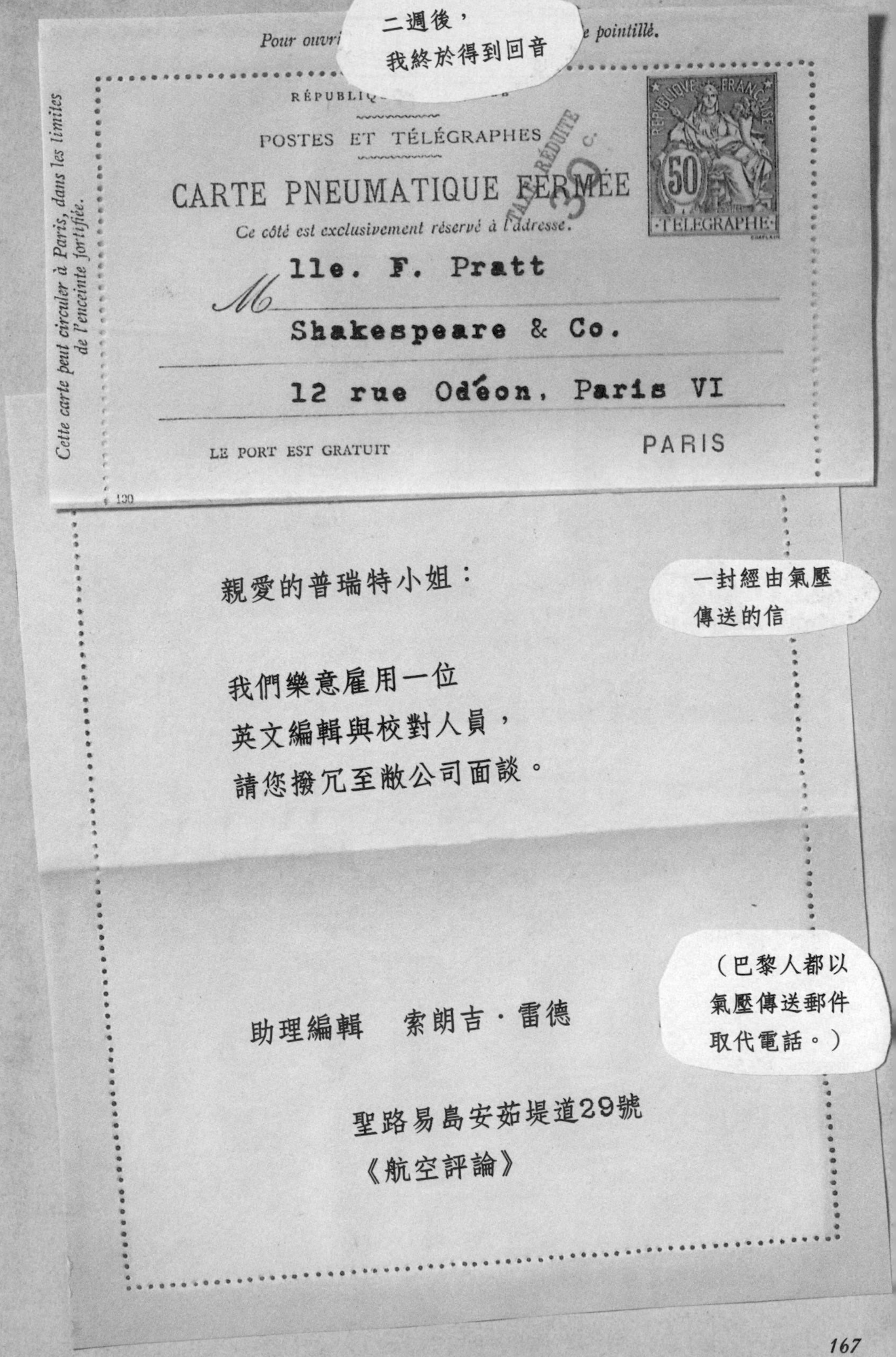

二週後，
我終於得到回音

Pour ouvri... e pointillé.

Cette carte peut circuler à Paris, dans les limites de l'enceinte fortifiée.

RÉPUBLIQ...

POSTES ET TÉLÉGRAPHES

CARTE PNEUMATIQUE FERMÉE

Ce côté est exclusivement réservé à l'adresse.

TAXE RÉDUITE 30 c.

RÉPUBLIQUE FRANÇAISE 50 TÉLÉGRAPHE

Mlle. F. Pratt

Shakespeare & Co.

12 rue Odéon, Paris VI

LE PORT EST GRATUIT

PARIS

130

親愛的普瑞特小姐：

一封經由氣壓
傳送的信

我們樂意雇用一位
英文編輯與校對人員，
請您撥冗至敝公司面談。

（巴黎人都以
氣壓傳送郵件
取代電話。）

助理編輯　索朗吉・雷德

聖路易島安茹堤道29號
《航空評論》

《航空評論》雜誌
我沿著圖爾內河堤道步行，經過舊書攤，穿過塞納河，繞過聖母院後面，然後抵達聖路易島。
聖路易島是以法王路易十三世命名，一般人稱為「L'Ile」，是巴黎市最寧靜、人跡最少的地方。島上有三座橋樑連接塞納河右岸，兩座橋樑連接塞納河左岸。它是巴黎的兩座天然小島之一，但一直到十七世紀才由黎塞留公爵開始加以建設。島上有一座聖路易橋連接西堤島。
Coupur
Gare du Nor
ILE
QUAI DE BOURBON
QUAI DES CELESTINS
1929
QUAI D'ORLEANS
QUAI D'ANJOU
Q. DE BETHUNE
QUAI DE LA TOURNELLE
GERMAIN
Pont Sully
BOULEVARD
72
77

安茹堤道29號是一棟規模宏大、令人望而生畏的建築。一塊紅色的《航空評論》小招牌指引我走下寬敞的樓梯進入地下室。
AERO
我一邊下樓，一邊聽到印刷機的鏗鏘聲，油墨氣味撲鼻而來。
我打開一扇沉重的橡木門，進入一間充滿雨果時代氣息的新聞室。
一個男人的聲音從一臺打字機後面傳來。「我還在想妳什麼時候才會出現，我都開始擔心了。」說完，他走到亮處。
是詹米·平格利。
Blonde Rose
Vincennes

又見詹米

我張口結舌的注視著他幾秒，試著接受他的突然出現。他的裝扮彷彿一個布列塔尼農夫，身上穿著一件亞麻襯衫，衣袖上沾著墨漬。看上去老一點了，當然，太陽穴附近有一綹明顯的白頭髮，但是比1920年那時候更健康，有中年人的圓融味道，但依舊瀟灑（唉）。我好不容易可以發出聲音，但蓄意保持冷漠、憤慨的語氣。

＊你在這裡做什麼？

＊我是《航空評論》雜誌的老闆。

＊多久了？我還以為你回紐約重操律師舊業。

＊我是啊，大概做了一年。然後我想起有個女孩說，做你想做的事永遠不嫌晚，所以我就拋開一切到巴黎來了。

＊你的妻子贊成你搬到巴黎嗎？

＊她無所謂。她那時候已經和我離婚了。

＊你以為這樣就能讓我稍減被你欺騙的感覺嗎？

＊不，法蘭琪，我只覺得非常內疚……和慚愧。

＊那你為什麼不寫信給我？

＊我答應不寫信給妳。

＊答應誰？

＊妳母親。妳去法薩念書後，妳的母親來找我，說我已對妳造成很大傷害，我不應該再去打擾妳，說妳可以找到一個比我這種廢物更好的人。

＊（我微笑，我親愛的老母親！）那你現在為什麼又寫信給我？

＊因為妳長大了，也更聰明了，不會再被我傷害了。而且我也想再見妳，何況我真的需要一位文字編輯。

我為你做事？

跨國藝術與文學雜誌

AERO REVIEW

《航空評論》的目錄簡直就是一份現代主義大師名人錄。

合作的對象有——海明威——基恩．圖默——羅伯特．麥卡蒙——葛楚．史坦——喬治．安塞爾——德馬索——赫內．克維爾——畢卡比亞——里貝蒙．德薩涅——艾許——理察森——雷捷——保羅．艾呂亞——普蘭波利尼——等等。

詹姆士．平格利 主編

聘雇條件

他伸出一隻手。

《航空評論》發表激進的言論
（譬如這篇誰應被判處電椅極刑的文章）。

電椅

小洛克菲勒
胡佛
蓋瑞
塞繆爾·岡帕斯
都彭家族
比利·桑岱
星期日觀察報
基督教青年會
發明電椅的人

法蘭克·克萊恩博士
咖啡館（全部）
曼寧主教
保羅·羅森費爾德
芭莉摩家族
達呂斯·米堯
百分之百的男演員
百分之九十八的畫家
百分之九十八的詩人
百分之九十九點五的音樂家
再來是你

「在妳拒絕之前，請先聽我說。
我付妳週薪100法郎。

我會百分之百只談公事，
保證不會不規矩。
請妳考慮。」

我心想：

*待遇是其他任何英文
報社的兩倍。

*我可以和巴黎的
所有大師合作。

*我和詹米的事
還沒了。

因此我說：
好，我接受。

校訂喬伊斯的文稿
《航空評論》刊登一段詹姆斯·喬伊斯的新小說《新作品》（書名暫訂）。
詹米對詹姆斯潦草的字跡束手無策。
「妳得和詹姆斯坐下來，請他自己一個字一個字拼出來。」詹米對我說。

這個全世界文章最猥褻的作家和他的妻子諾拉與兩個孩子住在一間中產階級的公寓裡。

對這位大作家的第一印象是：身體孱弱、整潔，穿著一件吸菸外套（晚間在家穿的便服），手上戴著華麗的金戒指。

幾近失明的他只能站在窗口拿著放大鏡閱讀。

他用迷人的愛爾蘭腔輕快地說：美國女孩總是那麼開心、那麼勤奮。

喬伊斯自創的新字讓我頭痛。

cache-and-cache-can-again.

pobbelque

smellysputterygut

和詹米一起散步

傍晚，詹米從我的小房間（辦公室）外探頭進來。

「我坐不住了，」他說（儘管已經辦公四小時），「我們出去走走吧。」

我們邊走，詹米像個導遊般滔滔不絕講述巴黎的歷史。

安茹堤道上的大「宅邸」是法王路易十三時期興建的，當時這裡是一塊乾涸的沼地。

詹米在舊書攤上尋找最新出版的美國小說。

「旅客把它們留在左岸的飯店內，清潔女工會把它們拿來賣，換一點錢。」

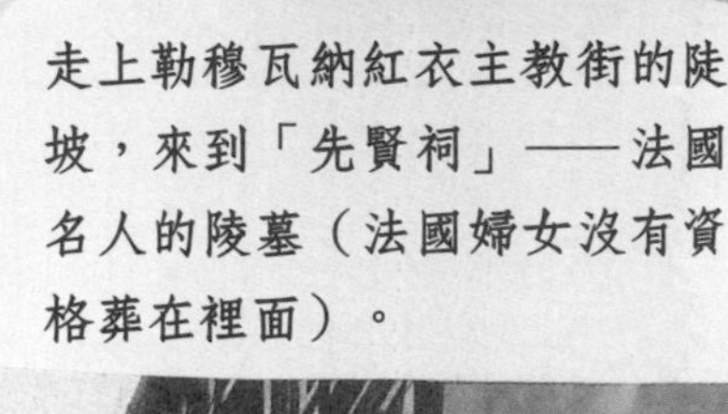

走上勒穆瓦納紅衣主教街的陡坡，來到「先賢祠」──法國名人的陵墓（法國婦女沒有資格葬在裡面）。

「我在巴黎散步，似乎每次最後總會走到墓園或陵寢，」詹米說，「戰爭使我變得有些病態。」

我們買了一條隔夜的棍子麵包，撕成小塊餵盧森堡花園八角池塘的鴨群吃。

「跟我們以前野餐一樣，」他說，「還記得嗎？」

「當然記得。」

鴨子的食物

到了晚上七點，我們往蒙帕納斯走去喝酒。

蒙帕納斯的流放人士

首先，我們去「圓頂咖啡館」，點了「今日特餐」。不久，幾個流放海外的「作家」加入我們。這些人在咖啡館閒聊的時間多於寫作的時間。詹米也請他們吃「今日特餐」。

接著，一群人轉往「圓亭咖啡館」繼續喝酒，又在那裡遇見幾個人。然後一行人又轉往「菁英咖啡館」，再喝。

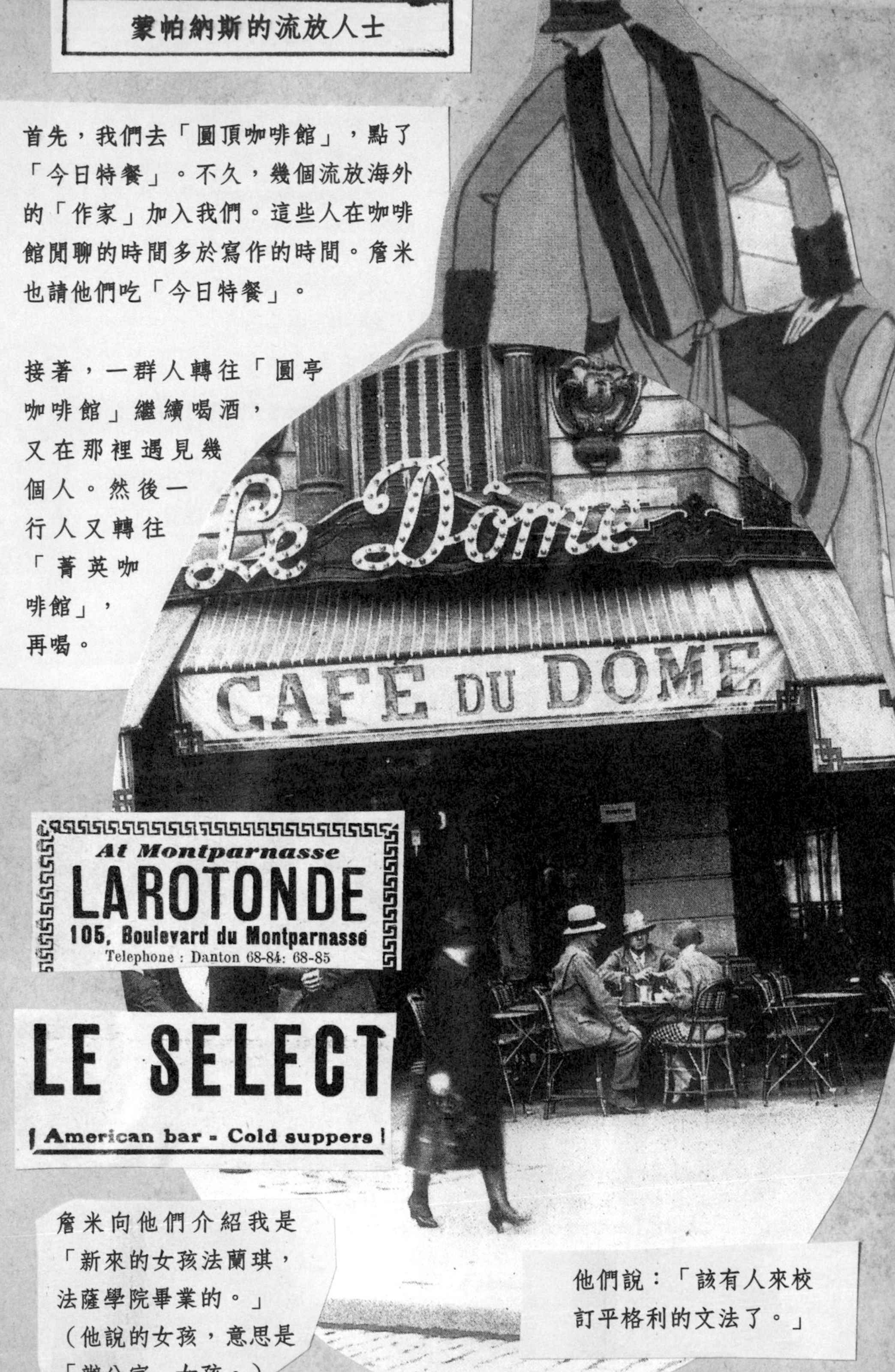

詹米向他們介紹我是「新來的女孩法蘭琪，法薩學院畢業的。」（他說的女孩，意思是「辦公室」女孩。）

他們說：「該有人來校訂平格利的文法了。」

流放人士的談話內容
（幾杯酒下肚後）
哪一艘郵輪剛進港。
誰搭這艘郵輪。
誰昨夜爛醉如泥。
誰（爛醉如泥）辱罵誰。
誰破產了。
誰欠誰錢。
誰有新戀情。
誰正在辦理離婚。
誰的新小說／油畫／詩歌／戲劇
糟透了。
喬伊斯的新小說終於完成了嗎？
會不會很爛？
喬伊斯瞎了沒？
海明威（目前在阿爾卑斯山還是
在美國？他和他的妻子還是
新女友在一起？）
過了午夜，我覺得睏了，詹米
替我叫了輛計程車送我回去，
他則繼續留在咖啡館裡。
CHANSON PÈRE & FILS
WINE GROWERS AND SHIPPERS - BEAUNE FRANCE
Châteauneuf-du-Pape
CHÂTEAUNEUF-DU-PAPE CONTRÔLÉE
Vin
CLOS DU VALL
VIN BLANC EXTRA

在詹米家

詹米住在雜誌
社樓上，頂樓
的一間公寓。

「我什麼時候可以
去參觀你的單身公
寓？」我問。

「我覺得請妳去
可能有點不妥。」

「什麼時候開始
你又擔心不妥了？」

牆上貼滿了軟木紙。

家具是在轟動一時的
「裝飾藝術」博覽會上買的。

EXPOSITION INTERNATIONALE
des
ARTS DÉCORATIFS ET INDUSTRIELS
PARIS 1925 MODERNES PARIS 1925

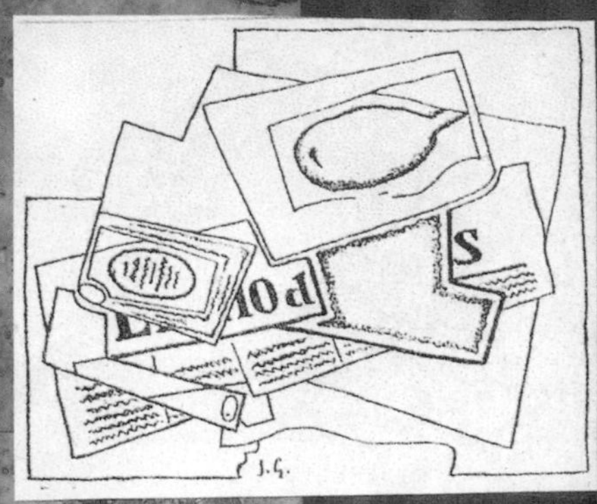

詹米的好友
胡安・葛利斯畫的素描。

GRANDE FINE CHAMPAGNE

我在欣賞腳下的塞納河風光與聖母院的石像怪獸時，他從冰箱取出一瓶香檳。

一艘塞納河遊船開過去，美國觀光客抬頭望著我。我朝他們揮手。

挑逗

我轉身，
放下我的酒杯。

我走向詹米，
踮起腳尖，
用力親吻他的唇。

（有香檳和法蒂瑪菸的
味道。我的下巴感覺到
他的鬍碴硬硬的，和我
時常幻想的一樣。）

他低頭望著我，
驚訝而欣慰。

「妳確定妳要？」
他問，親吻我的脖子。

「我母親和科尼希的每一個人都以
為我們是情人……那就讓我們成為
情人吧。」

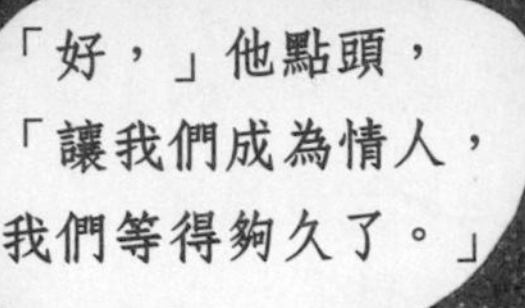

他雙手環抱我的腰，
把我抱了起來。

「人家會覺得我是個糟老頭……而妳是個傻女孩。」

巴黎的娛樂

詹米和我去著名的「紅磨坊」（現在已經改成電影院了！）看葛蘿莉亞·史璜森主演的新片。

巴黎最紅的歌手墨利斯·薛佛雷在「皇宮劇院」演唱。

皇宮劇院（蒙馬特街八號）——《女人萬歲》，喜劇，演出者墨利斯·薛佛雷、依鳳·瓦雷，以及舞蹈家拉娜。

和巴黎每個人一樣，詹米和我對「女神遊樂廳」劇院的約瑟芬．貝克十分著迷。
ANNA PAVLOVA
我們還去看了安娜．帕夫洛娃那一年的「告別演出」。年近五十的她以腳尖直立，像個木頭娃娃般由兩名魁梧的男舞者轉動她的身體。
《紐約客》雜誌
巴黎訊
冬日之星。「但美豔的約瑟芬．貝克，「這位具有人猿般柔軟的身軀與光滑肌膚的偶像令男人沮喪；她肉體的光輝令人傷感」──（圖中這張誘人的黑人舞者裝扮的全身照，大概只能刊登在我們的醫學刊物上）──美豔的約瑟芬．貝克只在「女神遊樂廳」劇院演出。」但……
FOLIES-BERGÈRE
VENDREDI SOIRÉE
Fauteuil de Galerie
RÉSERVÉ
N°
UN COUP DE FOLIE
SUPER 'SHOW
in
80
Visions of art
and joy
by M. L. LEMARCHAND
FOLIES-BERGÈRE

HE SUN
ALSO
RISES

旭日又升

ERNEST
EMINGWAY

海明威所寫有關流放人士的小說在萬眾期盼與擔心之下終於問世了，並在「莎士比亞書店」、「布蘭塔諾書店」、「史密斯書店」販售，兩天內便被搶購一空。

每間咖啡館都可以看到有人在閱讀這本書，並不時發出竊笑與抱怨。

我覺得我像一個真正的「蒙帕納斯圈內人」，因為我能夠校訂文字。

SCRIBNERS

歐內斯特・海明威

《在我們的時代裡》與《春潮》作者

巴黎訊

巴黎，1926年12月4日

海明威這本影射真人真事的小說

《旭日又升》震撼了蒙帕納斯，據說書中四個主要角色都真有其人，且呼之欲出。落魄的英國上流社會婦人和她的蘇格蘭朋友、美國人法蘭西絲和她不幸的愛人羅伯·科恩及他的藝術雜誌，彷彿一把全新的掃帚，把美學一掃而空——這幾個人物，據說都可以在海明威經常光顧的「菁英咖啡館」中看到。我們也許不能百分之百從故事中指認，但我們有把握說唐納·奧登·史都華被指認為那個愛吃乳鴿的比爾。而福特·梅鐸斯·福特很明顯的就是那個巧扮成布瑞鐸斯的英國人，因為他和福特先生一樣，經常在「先賢祠」後面的舞廳舉辦舞會。赫內·克雷維爾所著的《死亡的煎熬》（La Mort Difficile）也因為影射現實而飽受批評。海明威這本書是又一個發生在蒙帕納斯的美國式戀情與法國式絕望。

海明威宣稱有人想要打擊他，但唯一可能這麼做的人是海德莉——那位將與他離異的海明威太太。

書中人物		真實生活
傑克·巴恩斯（沒有睪丸）	=	海明威（有睪丸）
羅伯·科恩（寫爛小說、愛發牢騷、為女人情傷）	=	哈洛德·勒伯（沒那麼壞）
白芮特·艾胥黎夫人（酒醉後更迷人）	=	杜芙·崔斯登夫人（只是喝醉）

與羅蘭王妃共進午餐

羅蘭與亞歷克西在搭船回美國之前先在巴黎停留，小住幾天。

她已懷孕七個月（簡直是不可能的奇蹟），他們希望孩子在美國出生。「假如他願意的話，有一天他也能成為美國總統。」羅蘭帶著美麗的微笑說。

王子與王妃打算在曼西市定居，她用她的教師薪資在那裡買下一棟三房的小屋。

她已幫亞歷克西找了一個工作，在中學教法語，並擔任劍術隊的教練。

她用從貴婦那裡蒐
集來的棕色繡花絲
絨和舊皮手筒，為
自己縫製了一套華
麗的外出服來掩飾
她的肚子。
她告訴我沃康斯基家族一些令人
髮指的事。沒有一個男人工作，
而且他們全靠其他白俄羅斯人的
接濟度日。她的婆婆說，「老百
姓」才需要工作。
（羅蘭不贊同我和詹米的戀情。
「我不得不定下來，」她說，
「但是妳不一樣。」）

這是林白！
"HE
當我們乍聽最近有個「飛行傻子」試圖飛越大西洋的報導時，我們並沒有去理會它。有太多人因為做這種嘗試而從此消失無蹤（包括偉大的飛行家努傑瑟）。
但是當美國飛行員林白飛到康瓦爾上空，接著又飛到瑟堡後，巴黎人紛紛湧上街頭，仰頭觀看天空，尋找林白的蹤影。
當消息傳來他在勒布爾熱機場降落時，人人歡騰踴躍彷彿過新年。美國人都喝到免費的香檳。
Gee, I'd like to meet him, I'd be proud to greet him
'Fly-ing Fool' they named him, Now the world's ac-claimed him

LLO LINDY

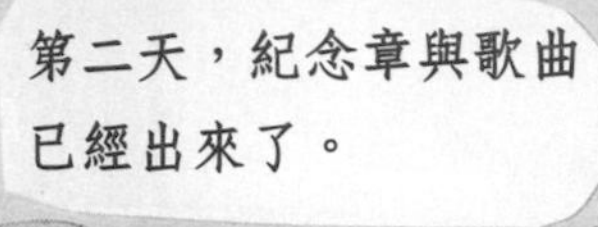

第二天，紀念章與歌曲已經出來了。

獻給

查爾斯．奧古斯都．林白上尉

美國飛行英雄

1927年5月20–21日

從紐約到巴黎

單人駕機不著陸飛越大西洋

謹以此向他的偉大成就致敬

詹米比誰都高興。

畢竟，

他的雜誌取名叫「航空」。

但不久之後，世人對林白的英雄式崇拜卻讓詹米感到悶悶不樂。

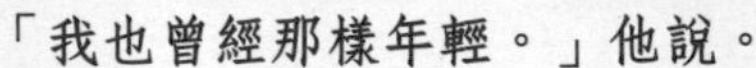

他是指戰前、離婚前。那個年代似乎充滿無限可能，包括駕駛一架雙翼飛機飛越大西洋。

我不得不承認，在白晝明亮的光線下，他的臉看起來浮腫而且有皺紋。蒙帕納斯的夜夜笙歌讓他付出了代價。

「請不要說這種話，」我說，「看你所做的事。你創辦了《航空》雜誌，為別人不敢碰的作家發表作品。」

「正是這一點。妳看《航空》雜誌，每一季的營收赤字越來越增加，我快要破產了。」

「那就改做別的。」

「做什麼，法蘭琪？」

「回去當律師。」

「我討厭當律師。」

「別自憐自艾了，你以為我的母親
會喜歡當夜間看護嗎？」

他舉起兩隻手，有點不好意思。
「妳說得對，我不抱怨了。妳母親來過巴黎嗎？」

「當然沒有。她去過最遠的地方是波啟浦夕，
去參加我的畢業典禮。」

「那她應該來看看妳，費用我來付。我給她帶來這麼多苦惱，
這點小事我至少應該為她效勞。」

「那我要怎麼解釋你又出現了？」
（我當然不曾在家書中提起過詹米。）

「等她來了以後我們再想辦法。」

寫一封家書給

* Expédié par M F. Pratt
Demt à Rue Odeon No 12
* L'inscription du nom et de l'adresse de l'expéditeur est facultative.

M 蘿珊娜．普瑞特 夫人

新罕布夏州，科尼希沼地

美國

LA REMISE EST GRATUITE

Voir au verso.

Pour ouvrir la carte, déchirer en suivant le pointillé.

第二天，我寫了一封信給母親，邀請她來玩。

我在信中寫道：我上班後存了許多錢，所以這趟旅行由我來招待。

母親

她會認同我和詹米的關係嗎？我心想。
可能不會。

假如他坦承我是他的女人，她會高興些嗎？
可能不會。

（我會高興點嗎？
可能不會……）

她的回信

親愛的法蘭琪：

去巴黎玩？我簡直不敢相信！謝謝妳，親愛的女兒，我已開始計畫到巴黎要做的事了。我要去看艾菲爾鐵塔和聖禮拜堂的彩色花窗；去憑弔路易．巴斯德的墳墓（他是妳父親心目中的英雄）；去吃蝸牛（牠們有傳說中那麼美味嗎？）

妳建議六月去最合適，但我可以延後嗎？我得了嚴重的支氣管炎，已經臥床躺了快二個月了，哈迪醫生命令我不可以太勞累，最嚴重的時候，他甚至要我找一個夜班看護，妳能想像嗎！聖路加醫院的護士們給我喝了許多牛肉湯，我現在一天比一天好了。

等秋天來臨我應該就能旅行了。妳可得做好心理準備，我會讓妳筋疲力竭的。

我給詹米看母親的來信，「我應該擔憂嗎？」

他讀了兩遍。「妳母親不像是會時時提到她的健康的那種人，除非……」

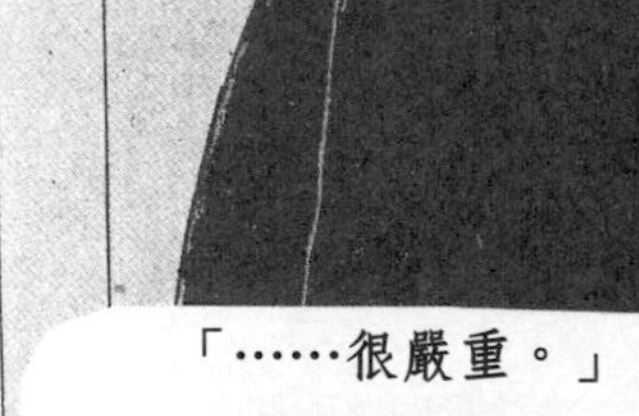

「……很嚴重。」我幫他把話說完。

（我試著不去想爹地，他也是因為得了「支氣管炎」，躺了一個星期後便去世了。）

「妳應該回去。走吧，我們去庫納德郵輪公司，我幫妳買一張前往紐約的頭等艙船票。」

（為什麼這麼急呢，我心想，是為了我母親，還是他想甩掉我？）

紐約—瑟堡
航程五天八小時又五十六分鐘

四天後，詹米開車送我去瑟堡，登上「安谷塔尼亞號」郵輪。我一路上都在哭。

「安谷塔尼亞號」郵輪

水上之旅

與一群意氣相投的人同行

水上之旅將有快樂的結局

不久的將來會有長途旅行

「我很快會回來，」我說，「帶著母親。」

「也許，」他說，然後久久不說話，暗示著「也許不會」。

「我會想你。」我說。

「我已經開始想妳了。」他的眼眶也濕了。

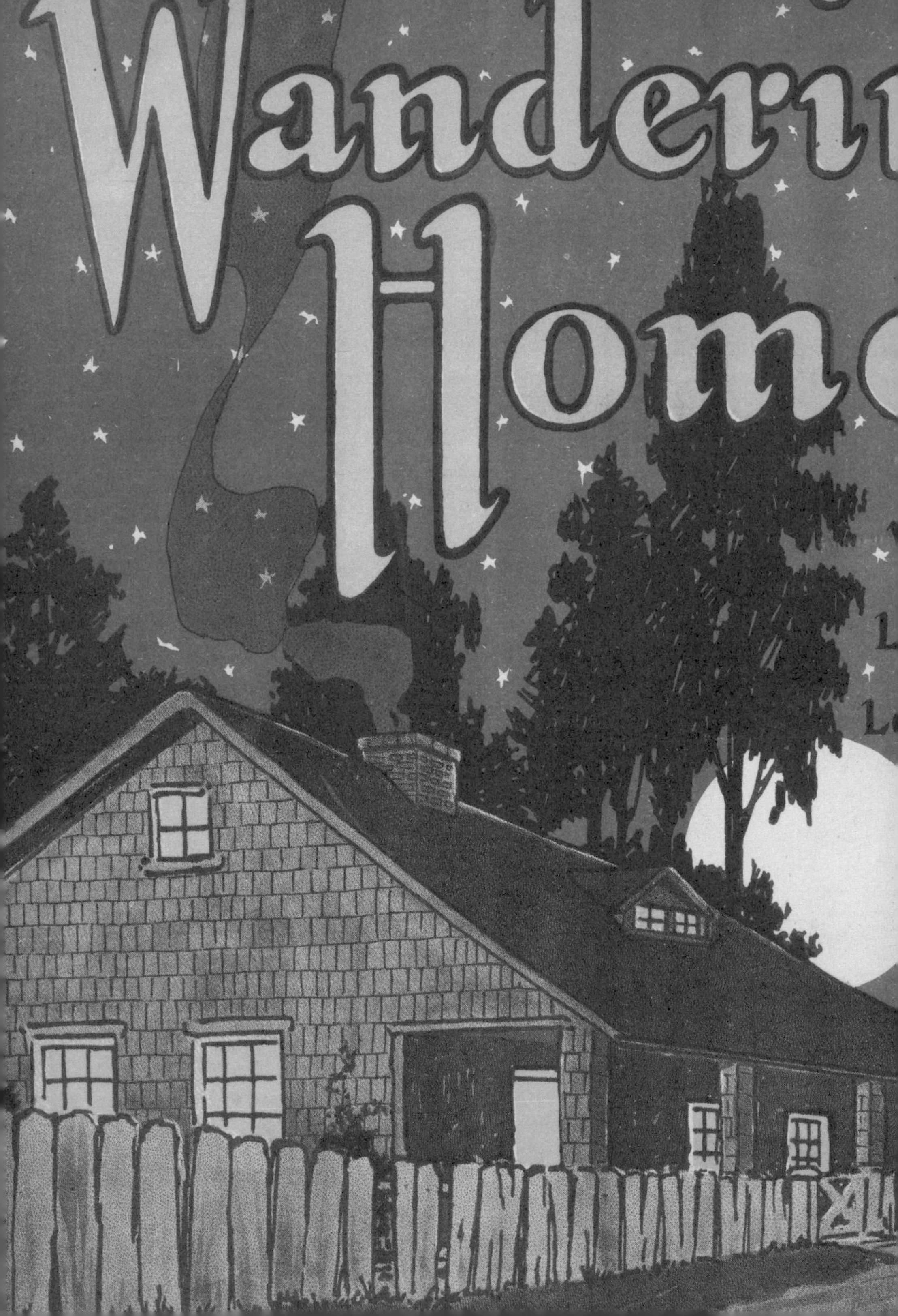
STANDARD
Wanderi
Hom

第 6 章

新罕布夏州
科尼希

1927 - 1928

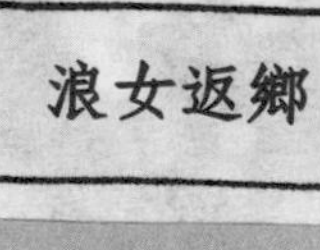

華利和泰迪都離家在外讀大學，家裡顯得十分冷清。屋內唯一一盞燈在廚房內搖曳不定。

服務等級

此為全價電報或電纜電報，除非收報人姓名或地址前另有符號標示。

西聯電報公司

1204

JOSEPH L. EGAN
PRESIDENT

The filing time shown in the date line on telegrams and day letters is STANDARD TIME at point of origin. Time of re... at point of destination

符號
DL 日間信件
NL 夜間信件
LC 收報人
NLC 夜間電纜信件
船上無線電

C34電纜電報＝安谷塔尼亞號郵輪

LC 蘿珊娜．普瑞特

科尼希（新罕布夏州） 1927年8月29日

上午七點抵達紐約碼頭。會回家吃晚飯。

法蘭琪抱抱親親。

THE COMPANY WILL APPRECIATE SUGGESTIONS FROM ITS PATR... SERVICE

花園內雜草叢生，比以前更凌亂。

Mother

我發現母親坐在
窗前的椅子上打盹。

她一驚醒便開始咳嗽，有明顯的沉痰聲。「妳回來了，法蘭琪，我在等妳呢。」

我跪下撫摸她枯瘦的臉頰，「妳感覺如何？」

「似乎可以站起來活動了。」

柴火爐的薪柴箱內空空如也。

我們的晚餐——
一盤冰冷的烤豆子。

（她還是一直說她快好了。）

她被送進醫生診療室，我在走廊上
來回踱步，焦急等候了一個多小時。

父親在世的時候，
這家醫院比醫務室還小。

現在它多了手術室、婦產科病房、眼
科門診、小兒科診療室、血液實驗
室，建築物全都覆蓋翠綠的琉璃瓦。

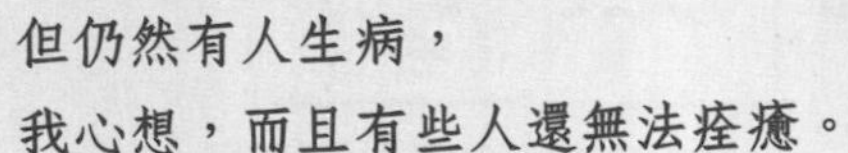

「為什麼要這麼久？」
我問護士。

「我們送妳母親去照X光。」
她說。

眼看我快哭了，她又安慰我：「別擔心，醫生會照顧她，這位新來的醫生來自麻薩諸塞綜合醫院，醫術很高明。」

半個鐘頭後，一個男聲說：
「到我辦公室來，法蘭琪。」

我認得這個聲音，那是威爾·埃特華特，科尼希高中最聰明的男生。

醫生診斷

他把我請進辦公室，關上門。
「我要私下和妳談談。妳母親還在換衣服。」

房間內光線很暗，
只有牆上一只燈箱照亮一張胸部的X光片。

「我們發現這裡有個斑點，」
他指著右邊一處模糊的陰影。

「斑點？」如此無害的字眼。

「是肺結核。」

我跌坐在椅子上，
威爾蹲下來，雙手握住我的手。

「斑點還小，我相信她一定會痊癒。」
他說。

我抬頭望著他英俊、嚴肅的臉龐。他的證照掛在牆上：哈佛學業成績優異、哈佛醫學院畢業、巴斯德研究院。

（我們最後一次見面是我們約會發生爭執後他想吻我，而我躲開了。希望他已忘了這件事。）

「告訴我該怎麼辦？」
我說。

埃特華特醫生的指示：

1.肺結核是由於環境太潮濕、生活條件不健全及過度勞累所引起，治療方針是「在家休養」。

2.病人必須徹底臥床休息數週或數月。

3.飲食應攝取有營養的熱量，每日三餐之外另加二次點心。應多攝取奶類與新鮮蔬菜。

4.清除家中所有黴菌與煙塵的來源，以中央暖氣與電器取代柴火爐與煤氣燈。

5.衛浴、床單與用具需經常保持衛生，防止抵抗力差的病人進一步受感染。

照料母親
我遵照威爾的指示，營造「在家休養」的環境。
GARDEN GUIDE
所有床單都放入漂白水中煮沸三十分鐘消毒。
每天攝取二份全穀類。

良好飲食
我自學烹飪
（手藝很差）。
每天攝取
二份新鮮沙拉。
MADE WITH
ARM & HAMMER BAKING SODA
用煉乳
來補充
熱量。
Libby's
Evaporated
Milk
我自學園藝
（技術很差）。

和威爾一起動手現代化

威爾每隔幾天會過來探望母親。

（他真體貼，因為他住在十五哩外的漢諾瓦。）

我唯一無法完成的「在家休養」條件是汰換（令人窒息的）柴火爐。

「太貴了。」我說。

母親畢生的積蓄只剩一、二千元，而我從我那短命的「編輯」事業中也只攢下四百元。

「向希爾斯百貨公司訂購一臺吧，我來安裝。」威爾說。

「你？」我說。

「還記得我在七年級時裝了一臺無線電發射機嗎？我還在化學實驗室裝配了一臺本生燈？」

他舉起雙手，一雙能幹的大手。「我可以造任何東西，妳可以當我的助手。」

每個月的星期六與星期日，威爾都來安裝炭爐的導管與地板通風口。

而我，法薩學院1924年畢業生，愛迪生文學獎得獎人，學習如何鉗接與焊接導管。

Handy Soldering Outfit
Soldering copper, prepared solder wire, sal ammoniac non-corrosive soldering paste, emery paper and rosin. Ship. weight 1 pound.
84 E 5217—Complete ..... 65¢

詹米來信

我寫了一封長信給詹米，告訴他有位很棒的醫生正在醫治母親，又說我會在春天來臨前返回巴黎。

最最親愛的法蘭琪：

兩個月內我只收到他幾張簡單的明信片。

請原諒我……

謝謝妳時常寫信給我，每一封信我都反覆閱讀，很抱歉我沒有立刻回信。

然後是這封信……

至於我的近況是，我已結束《航空評論》的經營，並找到一個傻子來接手。航運界女繼承人南西．庫納德認為文學雜誌的快樂時光已是過去式。

現在來談寫這封信的目的……關於妳回巴黎這件事。

假如妳回來是想繼續跟我在一起，那麼請妳不要回來。

妳是我所遇到過最美好的一件事，我到現在仍不敢相信，妳這樣一位美麗聰慧的女孩會愛上我。

但我是如何回報妳的？我和其他流放海外的「廢人」在一起夜夜笙歌，要不就是踽踽獨行於巴黎的墓園。

妳應該擁有更充實的人生，嫁一個年輕的丈夫（光是寫下這句話就讓我嫉妒不已），養兒育女，擁有一個真正的家庭，每天快快樂樂過著我無法給妳的生活（問我的前妻就知道）。

我想妳或許會同意我的看法；知道我默默祝福妳繼續往前走，也許能帶給妳如釋重負的感覺。

我得馬上把這封信寄出去，免得改變主意……

永遠愛你的 J.

又，還有一件事，妳叫我找別的事做，我聽了妳的建議，現在跟著一位年邁的飛行專家學習駕駛開艙式雙人座的迪哈維蘭飛機。妳不妨想像我開著飛機低空環繞艾菲爾鐵塔盤旋的畫面，像林白那樣。

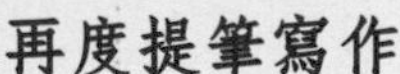

詹米的信讓我感到
意外的輕鬆與了無牽掛。

我走進爹地那間布滿灰塵的書房，
將書桌上的醫學書籍清理乾淨（也
許我應該把這些書送給威爾）。

我把我的可樂娜打字機
放在窗前，凝望山谷後
面的埃斯庫特尼山。

一片秋紅沿著道路一直往北延燒，
是我從未注意過的景象。
我應該找一天下午去健行才對，
或許還可以找威爾同行。

我在書桌最底下的抽屜內找到一張發黃的大頁紙，將它捲進可樂娜打字機內。

一個中年男子目睹了林白的降落，為了找回他逝去的青春，他去學習開飛機。（我是聽從雅蕾葛拉的建議，寫自己的親身經歷。）我應該給它一個悲慘的結局（墜機）嗎？不，我給它一個讓我心痛的圓滿結局——回到他飽嚐痛苦的妻子身邊。

我花了四天寫完這篇小說，然後寄給《週六晚間郵報》（我可以作夢，不是嗎？）

第二次約會

令人興奮的消息！
白河鎮的電影院現在有放映有聲電影的設備了。

我請威爾去看首映——
艾爾・喬遜主演的《爵士歌手》。

「我請客，」我說，
「至少應該謝謝你
免費為我安裝炭爐。」

「我們上一次約會
看電影好像不怎麼成功。」

「這回我會乖一點。」我說。

神奇的「維太風」（vitaphone）

音軌影片的真實情況：

——演員的嘴唇在動，
但聲音延遲二秒後才出現

——聲音像刮傷的唱片

我們一致同意有聲電影將會曇花一現，
默片比它浪漫多了。

看完電影後，我們去「五月花」，
白河鎮上唯一一家不是供應簡餐的餐廳。

我們點了菜，但不久便陷入尷尬的沉默中。
過去幾週我們的談話內容都和母親的健康有關，
從來不曾談到我們自己。

有聲電影

然後我們放輕鬆，開始聊天，
就像高中時在科尼希的學生餐廳吃飯一樣。

我告訴他我沒有立即進入法薩學院的原因，還告訴他我認識了光鮮的伍爾夫家族。我又談到我在《真實故事》與《航空評論》短暫的工作。

「妳那麼專心在打字機上寫了些什麼？」他問。

「我的第二篇小說，截至目前我還沒有把我的第一篇小說順利地推銷出去。」

「妳會的，我知道妳會，」他說，「妳是最可能成功的人，不是嗎？」

（事實上，他才是。）

我問他為什麼會當醫生。

「受妳父親的影響。」威爾八歲時出麻疹，爹地去他家看診。他給威爾看他包包內的儀器，又讓他用聽診器聽他自己的心跳。

「那麼，妳談過戀愛嗎？」他問。

「我想我有。」我告訴他詹米的事，
一五一十告訴他，毫無保留。

「妳不打算回巴黎了？」

「不。」

「很好，很高興聽妳這麼說。」

「那你談過戀愛嗎，威爾？」

「我想我有過。」和他室友的妹妹，一個全能的女孩，曾贏得網球錦標賽與帆船比賽。她反對威爾當醫生，因為他有可能從接觸到的病人身上得到病菌。

「所以我和她分手了。」威爾說。

「很好，我也很高興聽你這麼說。」

之後他送我回家，下車時他低頭吻我，
「答應我不再躲開。」他說。

「我答應你。」

四季更迭

我和威爾在一起的時間越來越多。

我們一起去看
橄欖球賽。

1927
Sec. 11
Row D
No. 16
Dartmouth versus Harvard, Oct. 22

威爾教我
滑雪
我學會奧地利
「半制動」式轉身。

週六晚間郵報

班傑明·富蘭克林於西元1728年創辦

1927年11月13日

終於成功了

法蘭西絲·普瑞特
新罕布夏州
科尼希沼地

親愛的普瑞特小姐：
我們將《飛行員》稿件退還給妳。
很抱歉，這篇小說不符合我們目前需要的題材……

柯利爾雜誌

行　銷　全　國　的　週　刊

威廉．L．柴納利 主編

法蘭西絲．普瑞特
新罕布夏州
科尼希沼地

1928年1月19日

但《柯利爾雜誌》接受了！

親愛的普瑞特小姐：

我們很樂意接到您的投稿，這篇短篇小說《飛行員》將會予以刊登。您把林白降落後，巴黎街道歡欣鼓舞的景象描寫得十分生動，彷彿您真的身歷其境。

這篇小說將刊登於1928年5月24日發行的週刊，隨函附上稿費四百元。

我們期待您寄來更多有趣的小說。

誠摯的……

它是柯利爾集團最大的廣告行銷雜誌。

情人節禮物

燈塔行

情人節當天，威爾送我一本
維吉妮亞．吳爾芙的新小說。

「我只有在法薩學院時收到
一個情人節禮物。」我說。

「那是我送的。」
威爾說。

原來我還是有一位
神秘的仰慕者。

VIRGINIA WOOLF

威爾送母親一盒whitman's Sampler巧克力糖。

咬了一口焦糖牛奶糖，她一副健康的模樣。

（有時我不由得懷疑她是否故意生病，好把我從巴黎叫回來和威爾送作堆。）

日蝕

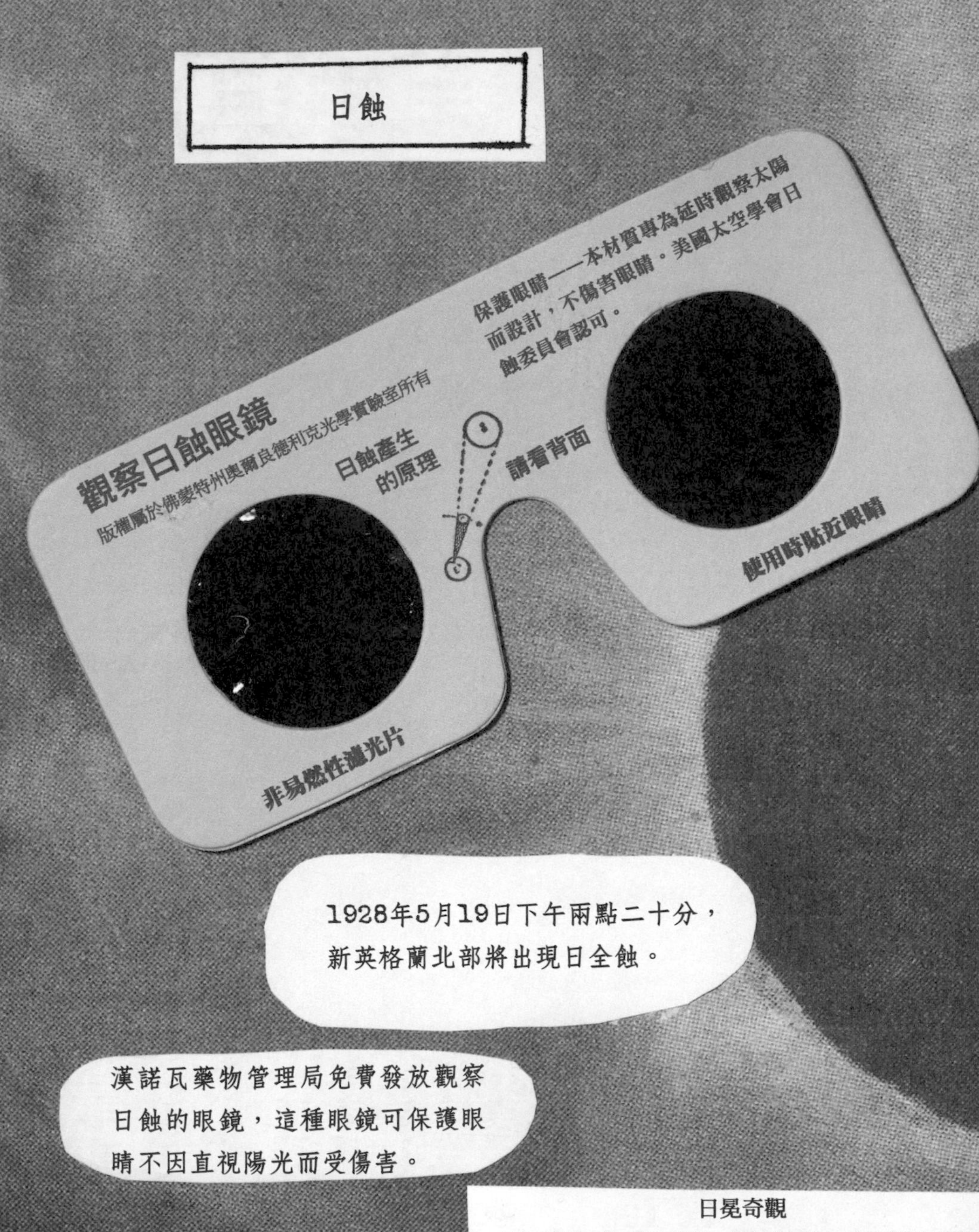

1928年5月19日下午兩點二十分，
新英格蘭北部將出現日全蝕。

漢諾瓦藥物管理局免費發放觀察日蝕的眼鏡，這種眼鏡可保護眼睛不因直視陽光而受傷害。

日冕奇觀

太陽周邊有一圈奇特的光暈，平時不易看到，但是當直射的陽光被月球遮掩時，太陽的光暈（又稱日冕）便清晰可見，它向四面八方噴射，形成一圈美麗的淡綠色光芒。

威爾和我準備了野餐，徒步健行到
埃斯庫特尼山頂上最佳的觀賞地點。

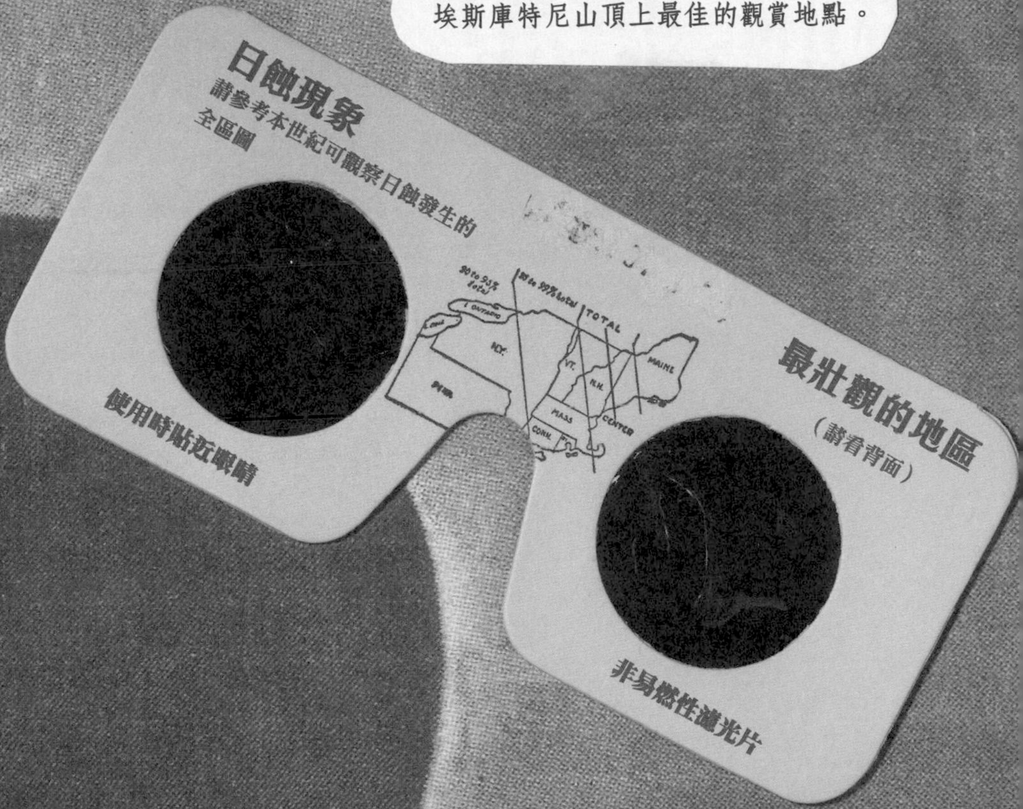

日蝕現象
請參考本世紀可觀察日蝕發生的
全區圖

使用時貼近眼睛

最壯觀的地區
（請看背面）

非易燃性濾光片

當令人不寒而慄的陰影遮
掩了太陽時，我們野餐的
地方也隨著變冷了。

我們將毛毯披在肩上，
威爾緊緊摟著我。

當日蝕逐漸消退後，
陽光便顯得分外神奇。
我們又暖了起來。

威爾從他的口袋
掏出一個絲絨小盒
給我。

我的回答

婚禮計畫

婚禮將於八月十八日在我家後院舉行。華利和泰迪將牽著我走過紅毯。

貝西和莉西
將擔任我的伴娘。

羅蘭受邀擔任我的榮譽女儐相（亞歷克西和她的二個兒子也都會來參加婚禮）。

羅蘭自告奮勇
要為整個婚禮裁製禮服。

伴娘禮服

新娘母親
的禮服

巴鑼
5221

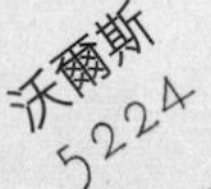

她為我挑了一件樣式大膽的香奈兒
新娘禮服。「科尼希居民一定會拜
倒在妳的石榴裙下的。」她說。
象牙白綢緞
特別從巴黎訂購
五碼長的紗網
做成頭紗
袒胸
露臂
在腰間縫上
玫瑰緞帶花

蒙大拿冰川國家公園

我們的蜜月

請勿打擾

Sterno

COOK STOVE

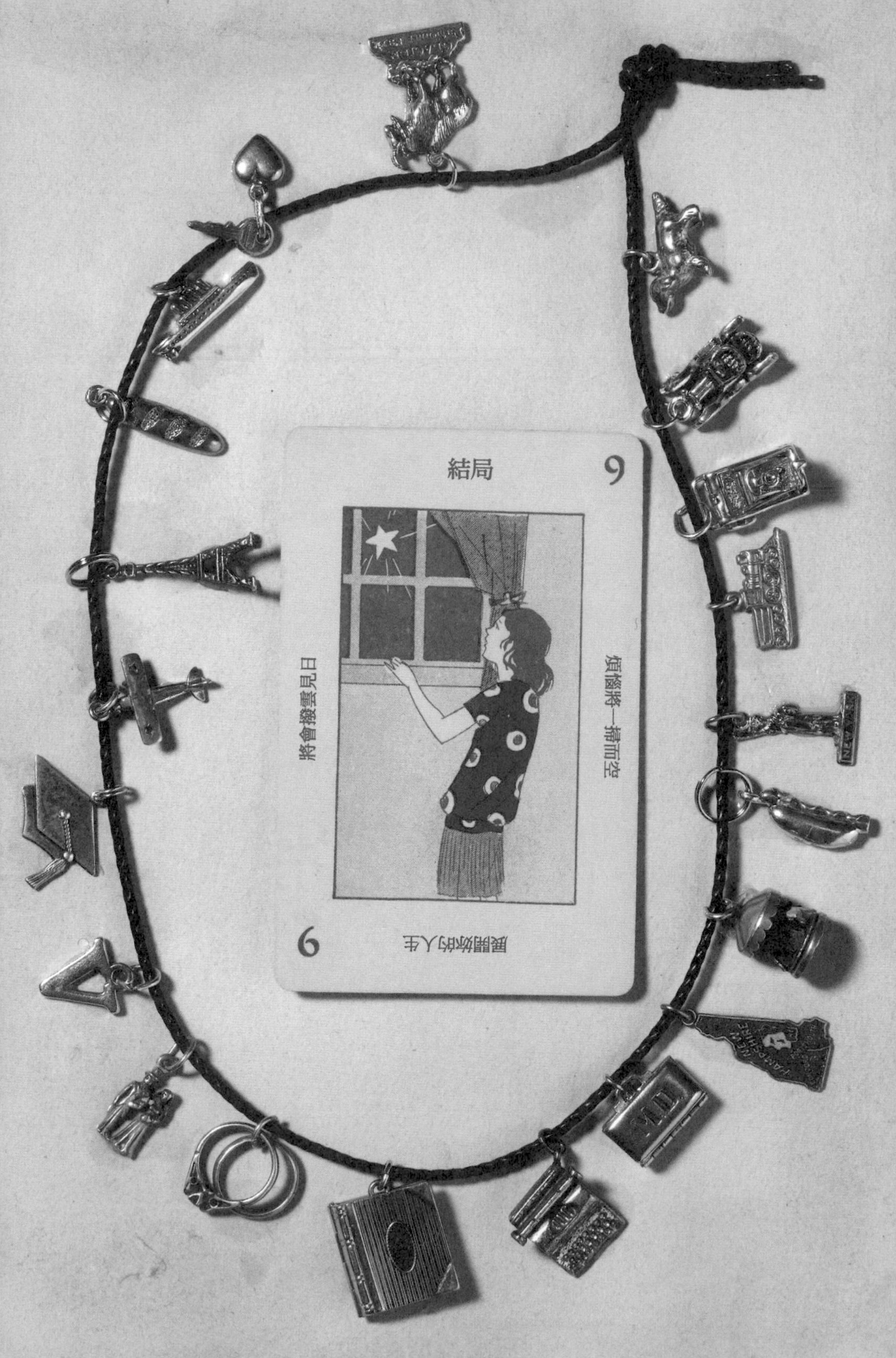
結局
9
煩惱將一掃而空
將會撥雲見日
展開妳的人生
9

感謝

謹致上無限的感謝：

我的母親席薇雅・彼特・普瑞斯頓（1918–2011），由於她的教母席薇雅・畢奇送給她的剪貼簿與紀念冊，而啟發我編寫這本書的靈感。

我的第一批讀者——羅沙蒙・凱塞、克里斯・提爾曼、唐娜・魯塞、亨利・威尼克，以及馬梅夫・梅威德。

路克・提爾曼、瑪歌・貝克，以及翠霞・歐爾提供我極大的協助。

我那聰慧且孜孜不倦的經紀人亨利・杜諾。

我能幹的編輯——李・波爾多，與Ecco / Harper Collins出版社編輯群……

理查・希夫提供他的非正式文獻收藏

黛柏拉・裴鐸提供她父親厄文1927年的達特茅斯剪貼簿

法薩學院檔案室的狄恩・羅傑斯

雷達爾基金會與維吉尼亞創意藝術中心

我的兒子——馬修、路克，與威爾・提爾曼——永遠為他們的母親加油打氣

以及三百多位eBay賣家給我A+++的評價

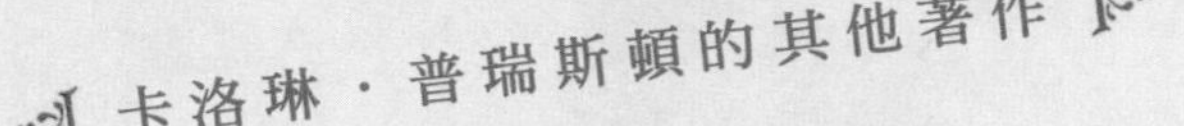

卡洛琳・普瑞斯頓的其他著作

《喬絲的賈桂琳傳》

《露西・克羅克2.0》

《蓋茲比的女孩》

獻給

我的姊妹
瑪歌與瑪莉昂

虛構006

The Scrapbook of Frankie Pratt

法蘭琪的愛情剪貼簿

Gee, I'd like to meet him,
'Fly-ing Fool' they named him,

出版者：愛米粒出版有限公司
地址：台北市10445中山北路二段26巷2號2樓
編輯部專線：(02)25622159
傳真：(02)25818761
【如果您對本書或本出版公司有任何意見，歡迎來電】

卡洛琳．普瑞斯頓 著
by Caroline Preston
林靜華 譯

總編輯：莊靜君｜編輯：黃毓瑩｜企劃：林圃君｜內文版型：王志峯
校對：陳佩伶、鄭秋燕｜印刷：上好印刷股份有限公司 電話：(04)23150280
初版：二〇一三年（民102）十二月十日｜定價：350元
總經銷：知己圖書股份有限公司 郵政劃撥：15060393
台北公司：台北市106辛亥路一段30號9樓
電話：(02)23672044 / 23672047｜傳真：(02)23635741
台中公司：台中市407工業30路1號
電話：(04)23595819｜傳真：(04)23595493
國際書碼：978-986-89950-1-7｜CIP：102020740
The Scrapbook of Frankie Pratt: A Novel in Pictures by Caroline Preston

proud to greet him,
world's ac-claimed him

因為閱讀，我們放膽作夢，恣意飛翔—成立於2012年8月15日。不設限地引進世界各國的作品，分為「虛構」和「非虛構」兩系列。在看書成了非必要奢侈品，文學小說式微的年代，愛米粒堅持出版好看的故事，讓世界多一點想像力，多一點希望。來自美國、英國、加拿大、澳洲、法國、義大利、墨西哥和日本等國家虛構與非虛構故事，陸續登場。